東北見聞録

3

歩く・会う
語る・住む

黒田四郎

八朔社

装幀❖高須賀 優

刊行によせて

――新たな文学スタイル「黒田流」の確立

何はさておき、『東北見聞録』第三巻の上梓に、心からの拍手をお送りします。また、著者・黒田四郎氏の、あくなき探求心といや増す行動力とに、大いなる賛辞を呈します。

平成九年の第一巻、十三年の第二巻、そして今回の第三巻へと、筆は一層冴え冴えとして来ております。なぜか？　黒田さんの想い思うところが、自然と筆を走らせてしまうからでありましょう。

本編の中で多くの力が注ぎ込まれている「青い目の人形」。このテーマに思い至られた時、テーマそのものが自己増殖して黒田さんの心を占有し、思いの吐露で筆は一挙に進んだのではなかったでしょうか。

東北の風土と人々に温かい目を注ぎ続けて来られた作者。主たる題材を東北の郷土史に求め、郷土史の範疇を越えて大きく仕上がった作品の数々。小説と随筆と詩歌とを合体させたような文体と合わせて、私はこれを、新たな文学スタイル「黒田流」と呼びたいと思っております。

ふるさとの持つ本来の姿に新たな価値を見出そうという今日、三巻の『東北見聞録』は、読者の方々に大きな意義と感動をもたらすものと、確信しております。

平成十六年三月

東北電力株式会社相談役　**明間　輝行**

まえがき

私は、一九九七年に最初の著書『東北見聞録』を刊行し、二〇〇一年にその続編『東北見聞録2』を出版している。本書はその三冊目である。

しかし執筆の最中、何かしら心に引っ掛かるものがあった。それは私の本について、読者の皆さん方が何と思っていらっしゃるかということであった。

私にはこれまでの人生において、お世話になった方々があり、それらの方々に私の本を謹呈した。それに対して多くの方々から、お礼と感想の手紙を頂戴した。これらの手紙にどのように対応したらよいのであろうか。最初の本の折には、何もしなかった。二冊目の出版の際には、それでよいのかと考えた末、一部の方々には返事を書いたが、大部分の方々にはお返事しきれなかった。そこで、この場をお借りして、いただいたお手紙に対する感想などを述べて、感謝の心をお伝えし、けじめをつけさせていただきたい。

『東北見聞録2』では、社団法人東北経済連合会・明間輝行会長から、「刊行によせて」のユーモア溢れる名文を頂戴した。その中で、放浪型スキップ読書法、つまり、どこから読み始めてもよい、どこで読み終わってもよい、という読書法をサジェストしていただいた。この評判がとてもよく、ほとんど大部分の方々が、この読書法で読み、またこれから読みたいと言っておられた。

私の高校時代の友達からは、八十歳で本を出すとは快挙だとあった。そういうことは考えてもいなかったが、言われてみると、そういう感じもしないではなかった。そこで調べてみた。私が本を出すにあたって心を惹かれた菅江真澄《すがえますみ》は七十六歳で、伊能忠敬《いのうただたか》は七十四歳で、そして司馬遼太郎は七十二歳で、この世を去っている。そう思った時、この第三集にとりかかるにも、気の怯む思いがあった。しかし長岡輝子さんは九十三歳で『老いてなおこころ、愉しく美しく』を出版され、斎藤茂太さんは八十四歳で『ひとりで苦笑、老いの実感』を、そしてまた最近では九十歳の日野原重明さんが『生き方上手』『人生百年　私の工夫』等々を相次いで出されていることを知り、勇気が湧いてきた。もっとも、このためには長生きをすることが前提で、食事、散歩および健康情報には、大いに留意してきたつもりである。

前著で私は、手紙で同窓の友人に「学兄」と書くように、戦友には「軍兄」と書いてみたいと述べた。これに対し、さっそく戦友から私に、「軍兄」として手紙が来た。嬉しかった。それで、それを契機として、その友人に「軍兄」として手紙を書き、ほかの戦友にも「軍兄」として、手紙を書いたりしてきた。

そのほか、「東北の地誌、人物紹介のご功績は、電気事業と共に評価を受けて居られる」「よい仕事をなさいましたね」「読者の心を豊かにする本ですね」など、過分のお褒めの言葉を頂戴して、大変恐縮した。また、東北が好きになったとか、東北に行ってみたくなったとか、東北が懐かしくなり、もう一度行ってみたくなったとか、さらには資料を送って来られて、「何か書いてください」とのお手紙を頂戴したりした。これらは、望外の喜びというべきものであった。

ただ、こうした中にあって、「とても難しい本だった」と言われた方があり、また、「難しかったので、辞書を引きながら読んだ」との感想を述べられた方もあった。これは、私の深く反省しなければならない点である。こうした皆さん方のご感想も念頭に置いて、東北の歴史、文化および風土をさらに調べ、この『東北見聞録3』が完成した。

私が本書で強調したのは、前著から一貫している。つまり、二十一世紀は、人類が自らの危機をひしひしと感ずる世紀であり、その危機とは、地球環境の悪化と精神の荒廃であるので、人類はみな力を尽くして、これらを防がなければならない、ということである。そのためには、心の豊かさと、それと表裏をなす自然を畏敬する「縄文の心」が、重要ではないか。こう考えたので、本書では「白神山地」「森は海の恋人」「白い森の構想」といったことを取り上げ、いたるところで自然の大切さを述べたつもりでいる。

本書の多くは、東北経済産業局月報『東北21』に掲載されたものが、もととなっているが、執筆当時から三年余を経過したものもあり、多くの点について、筆を加えている。

仙台に移り住んでもう二三年になるが、その間終始、東北電力にはお世話になってきた。さらに、東北経済連合会や東北産業活性化センター、電力ライフ・クリエイトにも、お世話になっている。この間、私は東北のことを勉強し、考え、東北のために仕事をする機会を与えられたことを、非常に感謝している。すでに亡くなられたが、私をこの地に招いてくださった若林彊・東北電力元社長、また、東北の一体化を強調された玉川敏雄・東北経済連合会元会長に、深く感謝の意を表したい。そして、日本はもちろんのこと、世界への情報発信に率先垂範され、これまでの二著に続いて今回も「刊行によせて」をご執筆くださった、明間輝行・東北経済連合会前会長、さらには、絶えず励ましのお言葉を頂戴している八島俊章・東北経済連合会会長、私の本をいつも温かく見守り、ＰＲしてくださっている幕田圭一・東北電力社長に対し、厚く感謝の意を表して、まえがきとしたい。

東北見聞録❸——目次

歴史を刻む東北の偉人

世界と結び合う東北……127

地域に息づく東北のこころ

伝説が息づくリンゴの故郷――青森県藤崎町《ふじさきまち》

私は、前著『東北見聞録2』で、青森県黒石市のリンゴについて、述べている。その後、日本一の生産高を誇るリンゴの品種「ふじ」のルーツが、同じ青森県の藤崎町にあると知った。そのことについて、書かせていただきたいと思い、同町にお願いして、たくさんの資料を頂戴した。そこで、これらの資料にもとづいて、この「ふじ」リンゴの故郷の町について、述べてみたい。

『町勢要覧』によれば、藤崎町は、東に八甲田連峰、西に岩木山、南に出羽丘陵、北は梵珠山《ぼんじゅ》に囲まれ、津軽平野のほぼ中央の平坦地で、浅瀬石川《あせいし》、平川《ひら》、岩木川が合流する肥沃な沖積層に恵まれ、米とリンゴを主産業とする、農業の町である。人口は約一万人で、町の花はフジ、木はリンゴ、鳥はハクチョウである。「藤崎町」の地名の由来は、フジの花が美しく咲いた里だから、といわれている。フジが町の花になったのも、この理由からである。

町の木であるリンゴについていえば、現在広く栽培されているリンゴは、そもそも明治八年（一八七五年）に欧米から輸入され、政府が苗木を各県に配布したものである。青森県では、明治維新で職を失った武士たちに新しい産業を興させようと、リンゴ栽培が奨励された。何よりも、リンゴの栽培が津軽の風土に適していたこと、かつ指導者たちに支えられたこともあって、明治十八年（一八八五年）、株式会社敬業社が設立され、近くの黒石の興産社および弘前の化育社とともに、リンゴ王国青森の礎を築いた。

このような背景の下に、昭和十三年（一九三八年）、藤崎町は、農林省園芸試験場東北支場（昭和二十五〈一九五〇〉年、東北農業試験場園芸部に改組）の誘致に成功、同所で昭和十四年からリンゴの新品種開発に着手した。交配から品種登録まで長年月を要して育種した東北七号が、昭和三十七年（一九六二年）四月、「ふじ」と命名されて登録、一躍脚光を浴びるに至った。「ふじ」とは藤崎のふじと、富士山のふじをとったといわれる。

町の鳥であるハクチョウについていえば、かつての藤崎城は、天然の大河・平川に守られ、さながら水に浮かんだように見える堅城であったという。白鳥の群れが飛来することから、「白鳥城」とも呼ばれた。五所川原堰などに水を引くための止め切りによって、湖のようになった平川と、雪の岩木山（一六二五メートル）と、白鳥とが織りなす風景は、実に見事で美しい。白鳥は現在餌づけされ、町のシンボルとなっている。

佐々木弘文町長のメッセージを引用すると、「春は可憐な白いリンゴの花、秋は黄金色に波打つ稲穂と真っ赤に色づいたリンゴ、冬は冠雪の岩木山を背景に平川で戯れる白鳥」である。このように藤崎町の春、秋、冬の自然は美しいが、夏が欠けている。そこで、考えてみた。夏は、花火大会の火の花と、「ながしこ」（物語の名場面などを山車《だし》にして、中に扮装した人間が乗り込み、人形のように動かずにポーズをとり、囃子にあわせて町内をねり歩く祭り）の人の花として、人工の美しさを加えてはどうであろうか。

私が藤崎町を調べていて心惹かれたのは、歴史にまつわる言い伝えが、多いことである。唐糸《からいと》伝説から、始めよう。鎌倉幕府五代目執権・北条時頼に愛された唐糸は、中傷されて藤崎に逃れてきた。時を経て時頼が来ると聞き、「いまさらおのれの姿を時頼様に見せられない」と、池に投身自殺をした。そこに時頼が来て彼女の死を悼み、この地に護国寺（後に弘前に移転。今の万蔵寺）を建て霊を弔ったという。これを記念して、唐糸御前史跡公園がこの地に設けられている。

藤崎の歴史で重要なのは、安東氏である。十一世紀の中頃、前九年の役で安倍氏は敗れ、安倍貞任《さだとう》は長子・千代童丸とともに戦死した。三歳の次子・高星丸《たかあきまる》は、乳母に抱かれて藤崎に逃れてきた。高星丸は成長して一〇九二年藤崎城を築き、安東氏を興して栄えたという。藤崎城趾には、お堀と土塁が残っているだけである。後に安東氏は拠点を十三湊《とさみなと》に移して、日本海で活躍した。

藤崎には神社仏閣が多い。藤崎八幡宮（伝馬の鹿島神社とともに藤崎の代表的な神社。祭神は応神天皇。一〇九二年安東氏の本拠地として藤崎城が築かれたとき、領民の安全や安東氏の繁栄を願ってこの場所に建てられた神社）、鹿島神社（祭神は武《たけ》甕槌神《みかづちのかみ》）、鹿嶋神社（祭神は同じく武甕槌神。鹿島の神から木村弥太衛門〈木村守男・前青森県知事の先祖〉以下三名に藤越村を開墾するようにとのお告げがあり、三人で開拓し、建てた神社）、富士神社（祭神・木花佐久夜毘売《このはなのさくやひめ》）、稲荷神社（祭神・宇賀之魂之命《うがのみたまのみこと》。農業とくに稲の神様）、堰《せき》神社（藤崎堰の水口の止め切り工事を成功させるため、人柱になった堰八太郎左衛門の神霊を祀る）など、枚挙にいとまがない。

仏閣は称名寺（浄土真宗大谷派）、心光寺（浄土真宗西本願寺派）、眞蓮寺（浄土真宗大谷派の寺院で、天明の飢饉の最中に藤崎村を訪れた菅江真澄が泊めてくれる所もないので、一夜の宿を頼んだところ、主人の僧侶が泊めてくれた寺）、法光寺（日蓮宗）など、多数である。

さらに板碑、五輪塔、庚申塔《こうしんとう》、馬頭観音、百万遍塔、二十三夜塔、地蔵様、追分石（道路の分かれ道に立っている昔の道路標識）、天明の飢饉の供養碑などが多い。

遠野物語の柳田国男が、民俗学の先駆者として世に紹介した先の菅江真澄は、今から二〇〇年ほど前、八回も藤崎村を訪れて、藤崎村の歴史、伝説について書きとめている（『菅江真澄遊覧記』五巻、平凡社東洋文庫）。藤崎は、豊かな自然に恵まれ、歴史と伝説がこだまする町である。

文化人を生み出す城下町——青森県弘前市《ひろさきし》

一〇年ほど前、家内と弘前城公園に桜を見に行ったことがある。ゴールデンウイークの後半、五月三日から四日に出かけたのだが、満開はすでに過ぎていた。しだれ桜のほうが見頃で、こちらには花見客が相当集まっていた。周囲に目をやれば、岩木山が、とても美しかった。

岩木山の標高は、一六二五メートルであるという。ここで「頭の体操」をしてみた。岩木山は美しい。「美しい」のは「16《いろ》（色）男と25《にごう》（二号）さん」で、岩木山の標高の語呂合わせができた。しかし、あまり岩木山にふさわしくないかもしれない、とさらに考え直した。「1625《いつもにっこり》（いつもニッコリ）岩木山」。これならどうであろうか。こんなことを考えながら、しだれ桜を満喫していた。

帰りに、花見客が周辺を清掃し、ゴザや一升ビンなどを持ち帰っていくのを見た。

花見の跡は、きれいに片づいていた。さすが、弘前である。春は桜、夏はねぷた、秋は紅葉、冬は雪灯籠。弘前には何度も行ったことがあるが、美しい自然と薫り高い文化に恵まれた、風格のある都市だと、私はその時改めて思った。

最初に青森の開発を始めたのは、津軽藩二代目藩主信枚《のぶひら》である。その津軽氏の城下町であった弘前について、弘前市のホームページなどから得た情報をもとに、述べてみたい。

❖「お城と桜」の文化都市

「津苅」「東日流」とも記された津軽が、正史に登場するのは、『日本書紀』の斉明天皇元年（六五五年）の記述、津軽蝦夷《えぞ》六人に冠位を授けた、とあるのが、最初である。鎌倉・室町時代には、安藤氏が津軽を支配したが、十四世紀初頭の内紛により、安藤氏は弱体化し、その後初代津軽藩藩主となる為信が、津軽を統一した。

為信は、慶長八年（一六〇三年）に、高岡（後の弘前）に新城を建設する計画を立てたが、実現を見ないまま死去したため、その遺志は二代目藩主信枚に受け継がれた。慶長十六年(一六一一年)、城は完成し、同時に城下町弘前が誕生した。以後、津軽地方の政治・経済・文化の中心地として、弘前は栄えていくこととなる。

時が流れ、十二代目藩主承昭《つぐあきら》の時、明治維新を迎え、明治四年(一八七一年)七月、廃藩置県によって「弘前県」となり、九月には「青森県」と改称され、弘前から青森へと、県庁が移った。明治二十二年(一八八九年)、市町村制が施行され、弘前は「弘前市」となった。

明治三十一年(一八九八年)に、陸軍第八師団司令部が設置され、以後軍都としての歩みを始めるが、大正十年(一九二一年)には官立弘前高校が開校し、学都としての性格も加わった。

第二次大戦での戦火を免れた弘前は、「お城と桜」に代表される、数々の文化遺産と恵まれた自然環境を土台に、文化都市として発展した。また、弘前高校と青森医専(弘前医大)や青森師範などを統合して、現在の弘前大学が発足、学園都市としても成長を遂げている。昭和三十年(一九五五年)、三十三年(一九五八年)には、周辺一二町村と合併し、リンゴと米の田園都市として、また全国一のリンゴ生産圏としての地歩を築き、昭和四十四年(一九六九年)には周辺一市七町村とともに「津軽地域広域市町村圏」の指定を受け、その中心都市としての役割を果たしている。

❖弘前と伊奈かっぺいさん

このように、弘前は文化都市であり、学園都市である。藩政以来これまでに、多数の人材を輩出してきた。それらの人々の中で、太宰治を取り上げた『対談集　太宰治之事』（小野正文・伊奈かっぺい著、おふいす・ぐう、二〇〇一年）という本がある。私はこの本を、著者である伊奈かっぺいさんから、いただいた。よくご著書を頂戴するのだが、この本で五冊目である。私は『グッドバイ』以外は、太宰治の小説を読んでいなかったので、太宰を知るうえで魅力的な本だった。太宰治研究家で著名な小野正文先生と、伊奈かっぺいさんとの丁々発止のかけ合い対談は、大変すばらしかった。

それにしても、いつも御力作を謹呈していただき、恐縮の極みである。そう思って、伊奈かっぺいさんとの出会いを振り返ってみた。今より一〇年あまり前、仙台国際センターで仙台青年会議所主催の講演会があった。その講師を務められたのが、伊奈かっぺいさんで、タイトルは「エスプリ」であった。

私は、伊奈かっぺいさんが全国的に有名で、人を喜ばせること、つまり笑わせることが何より好きな方であるのに、興味をもった。笑うと、脳の血行がよくなり、頭の働きが活発化する。ストレスも解消され、病気に対する免疫力を高める。したがって、人生において、笑いは非常に重要なものだと、私は考えている。また「エスプリ」(フランス語で「機知」の意)というテーマに興味があったので、講演を聞きに出かけた。

会場は超満員であった。講師の伊奈かっぺいさんは、エスプリは常識を少し外れたことである、と言われた。「ずうずう弁」を広辞苑で引いてみたら「東北弁」とあるのだが、ずうずう弁は、実は東北地方以外にもある。そこで「東北弁および出雲地方の一部の方言、と書かないとおかしいではないか」と言われていた。また、「広辞苑」という言葉を探してみたが、載っていない。「こう‐じ‐えん【広辞苑】この本」と書くべきではないか、と言われた。このような話題が続くので、会場は笑いで沸いた。

講師が笑いのボールを聴衆に投げかけると、聴衆はそのボールを受け取って講師に投げ返し、その繰り返しが行われるという状態であった。私はちょうどその年は、趣味に「笑い」を加えていたこともあって、できるだけ大声で笑い、講師の話を聞きながら、自分でも頭の体操をしてみると、オチが見えるときもあり、みなさんより早く笑ったりもしていた。

講演が終わってから、講師控え室を訪ね、挨拶をした。その時司会者から、「この方が聴衆のみなさんより早く笑われた方です」と紹介され、ビックリした。私が「先生のお名前は大変いいですが、第二候補はありますか」とお聞きしたら、「井の中蛙」とおっしゃった（同様の趣旨のことが、今回の『太宰治之事』の中にも出ており、なにか昔の友達に会ったような感じがして懐かしかった）。

その講演会の翌日に、私はお礼の手紙を出した。しばらくして、ご著書『原稿用紙そのまんま』（北の街社、一九八七年）が、送られてきた。私は約四時間かけて読み、頭の体操をしながら便箋で六枚の感想を書き、お送りした。しばらくして『講演会ゴッコ』（おふいす・ぐう、一九九三年）が送られてきた。私は感想文をお送りした。以下同様にして『青森でござい！』（おふいす・ぐう、一九九一年）、『あっちこっちでござい！』（おふいす・ぐう、一九九二年）と続き、今回の『太宰治之事』

となった。

　この本の中で、大変参考になることが話題とされていたので、ちょっとご紹介する。世の中はミレニアム（二〇〇〇年）ばやりということもあってか、この一〇〇〇年間に活躍した「日本の文学者」に対する、読者の人気投票の結果が出ている。それによれば、一位・夏目漱石、二位・紫式部、三位・司馬遼太郎、四位・宮沢賢治、五位・芥川龍之介、六位・松尾芭蕉、七位・太宰治、八位・松本清張、九位・川端康成、一〇位・三島由紀夫、という。太宰治が七位を占めているのは、この対談に花を添えた形である。

　私はこの対談集の感想を、前にいただいた本と同様、便箋六枚分に綴り、お送りした。「先生は太宰治を勉強していないとおっしゃっているが、読書家なのに本をあまり読んでいないと言っている太宰治に似ているのではないですか」とか、「先生は一夜漬けでその日の午前七時から、あちこちの本を拾い読みと斜め読みをしたと言っておられるが、朝漬（浅漬）と言うべきではないですか」などといったことである。ご返事には、「朝（浅）漬って良いですね」とあった。

共生をはぐくむ温かな心——岩手県宮古市《みやこし》

岩手県宮古市は、太平洋に面した、三陸海岸のほぼ中央にある。「ミヤコ」という発音のせいであろうか、私には大変いい名前に聞こえる。どうしてこのような、いい名前になったのであろうか。まずこの地名の由来から入ることとしたい。

宮古市観光物産課の『知る知る宮古』(平成十年三月発行)によれば、宮古の地名の由来には多くの説があるが、通説は次のようである。寛弘年間(一〇〇四～一〇一一年。ちなみに紫式部は一〇一〇年に『源氏物語』を著している)に、阿波の鳴門が鳴動し、朝廷は僧侶や神官に祈祷させたが止まなかったところ、宮古の横山八幡宮の禰宜《ねぎ》が次の神歌を得た。

山畑に作りあらしの　ゑのこ草
阿わのなるとは　誰かいふらん

この歌は、山の畑に作ったエノコグサ（ネコジャラシのこと。粟に似ている）にアワ（阿波の鳴門と粟）がなる（アワが「生《な》る」と鳴門の潮が「鳴る」）とは、誰が言ったのであろうか。エノコグサには、粟はなりませんよ、という意味である。神官が、はるばる阿波に赴き、この神歌を詠んだところ、鳴動がおさまった。一条天皇（万葉歌人の実方中将に、みちのくに行き、歌枕を学んで来るように命じた天皇。実方中将は『源氏物語』の光源氏の実像といわれる）は大変喜ばれ、都と同訓異字の「宮古」の名を使うことを許されたという。これが宮古の地名の由来である。なお全国の宮古は、沖縄県宮古島など、二〇例もあるといわれる。

ところで宮古市は、JR盛岡駅から山田線で東へ約二時間、本州最東端の市で人口約五万五〇〇〇人である。市の花はハマギク、木はアカマツ、鳥はウミネコ、魚はサケで、宮古市は、漁業、港湾、観光を三本柱として発展している。

『市勢要覧』（平成十一年発行）の「三八五年目の港から」にもとづいて、まず漁業について述べてみよう。宮古市は「サーモンランド」（サケの町）を宣言している。歴史をさかのぼれば、宮古湾に注ぐ津軽石川のサケ漁は古く、一七〇〇年代には、資源保護のため禁漁期間が設けられ、その後は孵化《ふか》した稚魚を小川のせきで保護して、人工孵化についても研究された。明治三十八年(一九〇五年)には人工孵化場が完成し、翌年には、五三万尾の稚魚放流がなされた。昭和五十五〜五十六年(一九八〇〜八一年)のシーズンには、二六万二〇〇〇尾の漁獲を記録して、河川漁獲量日本一で本州随一のサケの町となった。こうした歴史と実績を背景に、前述のごとく一九八七年サーモンランド宣言を行なっているが、その趣旨は、サケが生まれ、旅立ち、回遊する海や河川に代表される豊かな自然と、サケをはぐくんできた人々と、それらを深く理解し、支える市民の総力のもとに、二十一世紀に象徴される豊かなまちづくりを目指すもので、ここには自然と人間との共生を願う温かい心がある。

港湾は、世界有数の漁場に数えられる三陸海岸の漁港としても発展してきたのであるが、歴史をさかのぼれば、一六一六年に、第二十七代南部藩主利直が、魚塩の供給が乏しいと城下の繁栄は望めないと考えて、宮古を藩の外港として開港して以後、江戸や大坂に海産物などを運ぶ、海運の拠点として発展してきた。戦後、昭和四十年代に入ってからは、岸壁、施設の整備等により、三陸沿岸の人、モノ、情報交流拠点として大きく発展しようとしている。なお二〇〇一年に、一六一六年の開港から、三八五年目を迎えている。

観光について述べれば、奇岩、断崖が織りなすリアス式海岸は美しく、なかでも三〇〇年ほど前、常安寺の霊鏡和尚が、「さながら極楽浄土のごとし」と讃えた浄土ヶ浜や、国の天然記念物である高さ四〇メートルのローソク岩、波が打ち寄せると潮を噴き上げる国の天然記念物の潮吹穴、昭和三十二年（一九五七年）木下恵介監督が、灯台守の妻・田中キヨさんの手記をもとに作った映画「喜びも悲しみも幾歳月」のモデルになった、本州最東端の魹《とど》ヶ崎にある白亜の灯台など、観光資源にも恵まれている。

宮古市には、崎山貝塚に代表される縄文時代および弥生時代の遺跡が多い。中世に入って、源頼朝の奥州平定後、一一九一年、源為朝の三男・頼基は、閉伊《へいい》地方を治めるにあたり、閉伊の姓を名乗り、閉伊頼基として宮古地方を治め、宮古発展の礎を築いたが、十三代藩主親光の時に南部氏に滅ぼされ、宮古は南部氏の支配下に入って、明治となった。

明治維新になり、函館五稜郭に拠《よ》って臨時政府を樹立していた榎本武揚《えのもとたけあき》の旧幕府軍は、一八六九年戦力で劣ると判断して、宮古港の政府軍を奇襲したが失敗した。世に言う「宮古港海戦」である。市内には、海戦記念碑や官軍勇士墓碑、幕軍勇士墓碑が建てられ、戦死者を手厚く葬っているが、私は宮古の人々がこの地に来て戦死した人々を、このように手厚く葬っている、温かい心に深く感動する。

最後に、宮古市の姉妹都市である沖縄県多良間村《たらまそん》との関係について述べたい。多良間村は、宮古島と石垣島の中間にある、多良間島と水納島からなる。前述『知る宮古』によれば、一八五九年一月、前年から七六日間漂流した宮古の善宝丸が多良間島に漂着。島民の手厚い看護を受け無事帰還したという史実が、一九七四年宮古の郷土史家に発見され、市ではこのお礼として一九七六年多良間村に「報恩之碑」を建立し、交流が始まり、二〇年後の一九九六年二月、姉妹市村が締結された。

先の宮古港での海戦の戦没者の墓碑建立といい、この話といい、まことに心温まる話である。宮古市のサーモンランドのまちづくりも、熊坂義裕市長のもとで、この温かい心が支えるのではないであろうか。

森は海の恋人——宮城県気仙沼市《けせんぬまし》

私は菅江真澄《すがえますみ》に長年関心をよせて調べているが、その研究集会が、二〇〇二年七月に、気仙沼で開催された。気仙沼には、畠山重篤《はたけやましげあつ》さんの「森は海の恋人」という運動に心を惹かれたこともあって、以前から興味があった。この際気仙沼を調べてみようと思い、同市教育委員会生涯学習課の幡野さんにお願いして、資料を頂戴した。これらの資料にもとづき、まず気仙沼の概要について述べ、その後で真澄研究集会および「森は海の恋人」について、述べてみたい。

❖気仙沼の開拓精神

『河北年鑑　二〇〇二』（河北新報社、平成十三年十二月発行）によれば、気仙沼市は宮城県の北東部に位置し、太平洋に臨み、湾内に大島を抱く、波静かなリアス式海岸の良港を形成しており、西部は、北上山地を背景に、岩手県に接する丘陵地帯になっている。

気仙沼の地名は、古くは計仙麻（けせま、けせんま）と呼ばれ、アイヌ語の「ケセモイ」（最も端の港の意）の転訛といわれ、平安時代の『三代実録』や『延喜式』には、「計仙麻大嶋神」と記され、戦国時代の『葛西大崎船止日記』（慶長五〈一六〇〇〉年）では「けせぬま」の記録がある。

慶長十六年（一六一一年）に三陸沿岸を訪れたイスパニアの使節セバスティアン・ビスカイノは『金銀島探検報告書』の中で、気仙沼を最良の港であると述べている。近世の中期からは、三陸沿岸の漁獲物の集散地として栄え、江戸や銚子へ上る回船で賑わった。昭和二十八年（一九五三年）六月気仙沼町、鹿折《ししおり》町、松岩村が合併して市制を施行し、ついで昭和三十年（一九五五年）四月一日、新月《にいつき》、階上《はしかみ》、大島の三町が加わった第二次合併により、現在に至っている。

「気仙沼のあゆみ」によれば、気仙沼は耕地が少ないため、藩政以来海に向かって常に挑戦し続けている。開拓精神を発揮して、昭和三十年代には全国一のサンマ水揚げ港となり、さらにマグロ船も三〇〇トンを超える時代を迎え、気仙沼は文字通り七つの海に雄飛する、日本最大の遠洋マグロ漁業の基地となった。以前から感じていたことであるが、気仙沼にはこのように挑戦の心、開拓の精神があることを改めて知り、私は嬉しかった。

❖菅江真澄研究集会

菅江真澄は三十歳で愛知県豊橋を出て、みちのくに向かい、四六年間東北各地（秋田は二八年間）を回り、膨大な数の日記類をしたためた。それらのうち、『はしわのわかば・続』は比較的新しく発見されたものである。それによれば、気仙沼には天明六年（一七八六年）七月七日から八月五日まで約一カ月間滞在し、大島にも行っており、「海の幽霊の話」とか「海中に転落した水夫が鯨によって海面に打ち上げられて助かった挿話」などが記述され、真澄には珍しく海の伝説習俗を記録したものとして、大変貴重な記録といわれている。このことは、私が親しくさせていただいている気仙沼の真澄研究家、神山眞浦氏の諸著作および西田耕三氏の『菅江真澄気仙沼漂流記』（耕風社出版）で明らかにされているが、驚くのは、真澄が約一カ月間も気仙沼で取材したことで、それだけこの地に魅力を感じたということができよう。

この真澄の研究に、神山眞浦氏、西田耕三氏ら気仙沼の真澄研究家の諸氏が大いに貢献しておられることもあって、真澄の足跡を辿りながら彼の人間像を多方面から極める目的で、第一五回菅江真澄研究集会が、二日間気仙沼で行われた。この集会は、主として秋田県で行われており、県外で行われるのは今回で二度目であったが、全国から約三五〇名が集まった。

まず主催者を代表して神山眞浦実行委員長の挨拶があり、名著『古代東北と渤海使』の著者で秋田大学前学長・新野直吉氏の基調講演「菅江真澄遊覧記に見る信仰と学問」の後、斉藤克巳、西田耕三、川島秀一、神山眞浦諸氏による前述の『はしわのわかば・続』の研究成果の資料配付がなされ、翌日は真澄の足跡を訪ねて、大島で研修が行われた。わが国の民俗学の先駆者・真澄の研究集会が、気仙沼で盛大に行われたこと、および神山氏はじめ気仙沼の真澄研究者が、真澄の研究に大いに貢献され、積極的に挑戦し続けておられることに、私は深く敬意を表したい。

❖海を守るために森をはぐくむ

もう十数年前であろうか。新聞で「森は海の恋人」の合い言葉の下に、気仙沼湾の漁民の方たちが植林を行うという記事を読んだことがある。そこで私は、提唱者でリーダーである畠山重篤さんの著書『森は海の恋人』（北斗出版）および『リアスの海辺から』（文藝春秋）を拝読し、またお話をおうかがいした。それによれば畠山さんは、お父さまの代から三陸リアス式海岸の静かな入り江で牡蠣《かき》や帆立貝（気仙沼湾への養殖技術を開発された）の養殖をしておられる、養殖漁民の二代目である。ちょうどお父さまから引き継がれた頃の海は、魚類の豊かな海であったが、昭和四十年代から五十年代にかけて海の力が目に見えて衰え、浜は活気を失っていった。この時もう一度昔の海を取り戻そうということで、気仙沼湾に注ぐ大川上流の山に、漁民の手で広葉樹の植林をしようとの運動が起こり、あわせて大川上流の山の子どもたちを海に招いて、体験学習をしてもらおうということになった。

これは一九八四年フランスのブルターニュの海辺に、畠山さんが牡蠣の養殖事情を視察に行かれたことが、きっかけであった。フランス最長の河川であるロワール川河口の養殖場では、牡蠣が見事に育っていただけでなく、蟹や小エビなども非常に豊富だった。それは畠山さんの子ども時代の宮城の海そのものであったという。その上流にはブナやミズナラなど、広葉樹の大森林地帯があるのを見て、森が海を支配していることを確信されたという。

この確信のもとに、さらに広葉樹の森と海との関係の研究を進めた畠山さんは、気仙沼の森の歌人である熊谷龍子さんに、海の実情を見ていただいた。熊谷さんは、歌人・前田透氏に師事して、中央歌壇で名声を博しておられた方だが、海をご覧になった際、次のような美しい短歌を、詠んでくださった。

森は海を　海は森を　恋いながら
　悠久よりの　愛つむぎゆく

この歌から「森は海の恋人」という珠玉の言葉が誕生したのである。

また、畠山さんは北海道大学水産学部の松永教授に教えを請い、海の植物連鎖の基である植物プランクトンや海藻の成長には、陸上の草と同様に肥料分（チッソ、リン、ケイ素）のほかにミネラルが必要で、海水中に鉄分が不足していると、プランクトンは増殖できないとの科学的裏付けを得ることができた。これにもとづいて、一九八九年九月、気仙沼湾に注ぐ大川源流の室根山に大漁旗を何百枚も立て広葉樹を植林した。こうして気仙沼湾も徐々に昔の豊かさを取り戻すことができた。なお、二〇〇二年三月三十一日現在で、わが国一九四団体の漁民がこのような森づくりをしているという。

畠山さんは、さらに一九九八年スペイン北西部ラコルーニア市に行き、漁業組合長と思われる人に、「日本では森は海の恋人と言っている」と話したところ、この人は、このガリシア地方の川の上流はナラとクリの森に覆われていると前置きし、「森は海のおふくろ」(El bosque es la mama del mar.) と言って、思わず握手しあったという。ちなみに、「森は海の恋人」は、"El bosque es la novia del mar." というのではないかという。

畠山さんが、気仙沼湾に、豊かな昔の海を取り戻そうと一念発起され、東奔西走して調べ、研究し、実行されて、気仙沼湾の上流に広葉樹を植林するという一大運動を展開され、さらに日本の漁民団体をも動かされたことに、私は、非常な感動を覚える。そして、この「森は海の恋人」「森は海のおふくろ」といった珠玉の言葉は、世界に広まり、河川の上流の森は大切にされていくのではないか、と思う。

二十一世紀は、人と自然が共生する世紀といわれているが、これらの言葉が、自然と共生する道を歩む人類にとって、有力な道しるべになってほしいと、私は、心から願っている。

桜薫る駒の町——福島県三春町《みはるまち》

小学校の地理の時間に、福島県の三春は馬の産地である、と習った。二十年前から仙台に住むようになると、三春について、もっといろいろなことを知るようになった。三春は伊達政宗《だてまさむね》の正室・愛姫《めごひめ》の出身地であるとか、三春滝ザクラが見事であるとか、また伝統の三春張り子人形のことなどについても耳にして、興味を感じた私は、これまで二度ほど、三春を訪れている。

そんなことから、三春についてきちんと調べてみたいと思い、三春町歴史民俗資料館の藤井康さんや、福島民友新聞社仙台支社の君島宏光支社長から、資料をいただいた。以下これらの資料にもとづき、三春について述べてみたい。

三春は、阿武隈《あぶくま》山系の西裾で、阿武隈川の支流・桜川の上流にあり、緩やかな山並みが続く城下町である。町の南部には、平成十年(一九九八年)に完成した三春ダム「さくら湖」がある。三春の名は、梅、桃、桜が一度に咲く三つの春から「三春」と呼ばれるようになったと伝えられる。美しい名前である。

三春が城下町になったのは、田村氏が入城してからである。田村氏は、義顕《よしあき》、隆顕《たかあき》、清顕《きよあき》と三代続き、その後は幾多の領主の変遷を経て、一六四五年、秋田氏（その祖先は、鎌倉幕府より蝦夷管領に任命された安藤氏で、その当時東北、北海道に勢力を誇っていた）が五万五〇〇〇石の領主となり、三春は秋田氏の城下町として繁栄した。秋田氏は明治維新まで二二〇年あまりにわたって一一代続き、三春を代表する郷土玩具、三春張り子人形が作られるようになり、現在も高柴地区（郡山市西田町）で作られており、有名である。

昭和三十年（一九五五年）、三春、沢石、要田《かなめた》、御木沢《おぎさわ》、岩江、中妻《なかつま》、中郷《なかさと》の七町村が合併して現在の三春町となり、町並み景観の形成や中心市街地の活性化、さくら湖周辺への田園型スタイルの創造など、まちづくりを進めている。

人口は約二万人で、町の木はシダレザクラ、花はサツキ、鳥はウグイスである。三春には神社仏閣が多く、東北の鎌倉といわれているが、町並みをめぐる丘には、神社や仏閣を囲む木立が茂り、桜が多くて美しい。その中でも代表的なものが、シダレザクラである「三春滝ザクラ」で、日本の三大桜の一つとなっている。根回り一一メートル、樹齢一〇〇〇年以上といわれる紅しだれ桜で、国の天然記念物に指定されている。田村郡教育会発行の「田村郡郷土史」によれば、天保年間(一八三〇～四五年)には三春滝ザクラは宮中にまで聞こえ、五卿が滝ザクラについて歌を詠じている。そのうちの一人、大炊御門《おおいみかど》前内大臣経久《つねひさ》は、「三春瀧桜を」と題して、次の歌を詠んでいる。

みやこまで　音に聞えし　瀧ざくら
　いろ香をさそへ　花の春風

滝ザクラは、三春藩主が代々保護政策をとり、維新後は国有地となり、その伝統の美は守り続けられている。この滝ザクラの名前の由来は、淡紅色の花をつけた枝が地面まで垂れた様が、滝を落ちる水の姿に似ているからであるとか、三春の中郷大字滝にあるからとも、いわれている。

このほか三春で有名なものに、先に触れた三春張り子人形がある。これは仙台の堤人形とともに、江戸時代庶民人形の双璧をなすものであるが、両者の相違点は材質にある。堤人形が土、三春張り子人形が紙である。三春張り子人形の中で最も優れたものは、歌舞伎や錦絵、絵草紙などから題材をとった人形類で、ほかには恵比寿や大黒、だるま類、ウサギ、トラなどの干支《えと》にまつわる動物をかたどったものがある。

三春には、この三春人形とは別に木製品の玩具として、三春駒がある。この三春駒は、坂上田村麻呂《さかのうえのたむらまろ》の東征説話に由来する「子育木馬」が発祥といわれ、往時は子育てのお守りとされ、一寸大の馬型木彫りで、馬産地三春の仔馬成育を願って、神社に奉納したり、子どもの玩具に用いたりした。大正期に三春駒と呼ばれる現在の形が定まり、直線と面を生かした馬体と洗練された色彩となり、日本三駒の一つとして定評がある。

もう一つ三春駒といえば、本物の馬である。南部馬に比べ、軽くて小さく乗馬に適するといわれ、三春藩以来大いに奨励され、昭和の初めにおいても有名であった。私の小学校時代は三春は馬の産地としても有名であり、最盛期には馬市も開かれたりしたが、終戦以降馬の需要がなくなり、今ではその面影がない。

三春は自然が美しく、歴史、文化に富んだ風格のある町である。この風土にはぐくまれた三春ゆかりの人たちを述べて、結びとしたい。

まず戦国時代の画僧、雪村《せっそん》である。室町水墨画の世界では、雪舟と並ぶほどの画家であった。常陸《ひたち》の武士であったが禅僧となり、絵画の道を究めた。雪舟の筆づかいに学びつつ、独自に当時の中国の画法もとり入れ、雪舟よりさらに動的な作風を創り上げたという。山水、花鳥、人物など作風は多彩で、晩年は「桜梅山雪村庵」で過ごし、今でも町民に親しまれている。

次に、愛姫である。三春城主・田村清顕《きよあき》の娘で、一五七九年に伊達政宗と結婚し、二代藩主・忠宗や五郎八《いろは》姫をはじめ四男二女をもうけた。晩年は出家し、陽徳院と名乗っている。明治時代には、河野広中《ひろなか》もいる。一八四九年三春に生まれ、自由民権運動を叫び、普通選挙運動の総帥として政界で活躍し、衆議院議長、農商務大臣を務めた。

最近では、田部井淳子さんである。一九七五年、女性として初めてチョモランマ登頂に成功し、一九九一年には南極ピンソンに登頂して、女性として前人未踏の六大陸最高峰登頂を成し遂げている。

白い森の町——山形県小国町《おぐにまち》

だいぶ以前になるが、昭和五十九年(一九八四年)に、山形県において、総合研究開発機構(NIRA)主催の「雪国の未来社会を考える」という国際シンポジウムが、開催されたことがある。パネリストとして、当時の小国町町長の今周一郎氏が出席されており、以下のような発言をされた。小国町は雪が多く、「克雪」からさらに「利雪」へと対策を進めてきたが、今後はこれを超えて、「和雪」あるいは「親雪」(雪に親しむという意味だが、「親切」に通じて面白い)を方針としていきたい、とのことであった。これを聞いて、私は、小国町はすばらしい、と感じた記憶がある。その後小国町は、「小国方式」でまちづくりの優等生になった、という評判を聞いたので、いつか小国町のことを詳しく調べてみたい、と思っていた。

また、小国町では「ブナ文化交流圏構想」を樹立している。ブナといえば、世界最大級のブナの原生林として、世界遺産登録された白神山地があるが、私は小国町のブナ林のことも、知りたくなった。そこで同町に資料をお願いしたところ、財団法人東北産業活性化センターで、平成七年に一年間一緒に仕事をした山口政幸さんが、町の企画課長になっておられたので、いろいろとお話をおうかがいするとともに、山口さんの論文やそのほかの貴重な資料をたくさんいただいた。以下では、これらの資料にもとづき、小国町について述べてみたい。

小国町は、山形県の西南端で新潟県と接し、北は大朝日岳（一八七〇メートル）を主峰とする朝日山系、南は飯豊《いいで》山（二一〇五メートル）を主峰とする飯豊山系に囲まれた盆地で、面積約七三八平方キロメートル。東京二三区よりやや広い面積で、そのほとんどがブナを主体とする落葉広葉樹の森林である。

日本海に注ぐ荒川水系に沿って開けた九〇あまりの集落からなり、JR米坂《よねさか》線（米沢―坂町）と国道一一三号線が町の東西を走る。気候は典型的な日本海式で、冬の積雪は中心市街地で二メートル、奥地集落で五メートルにも及ぶことがある。この潤沢な水資源に着目した日本電興株式会社（一九六六年東芝セラミックスと日本重化学工業に分割）が、一九三七年に誘致されたところから、山村には珍しく、第二次産業が産業の中心となっている。町の木はブナで、花はオオヤマザクラ、鳥はウグイスで、人口は一万一〇〇〇人である。

まず歴史について、述べてみたい。荒川水系沿いの段丘面上に旧石器時代の東山、岩井沢、横道の各遺跡、縄文時代の蟹沢、下野の各遺跡がある。弥生時代および古墳時代の遺跡は見つかっていない。時代が下って一一八九年源頼朝の時代には、地頭大江時広の治下となり、一三八〇年伊達宗遠がこれを滅ぼし、その後蒲生氏郷《がもううじさと》の領地を経て一六〇八年上杉景勝《かげかつ》の治世となった。明治四年(一八七一年)の廃藩置県以後は、明治二十二年(一八八九年)に町村制が施行され、昭和三十五年(一九六〇年)現在の小国町が誕生した。

昭和三十八年(一九六三年)豪雪に見舞われ、自然災害と進展する過疎化に危機感を抱いた町では、全集落および町民の意識調査を行なって地域の課題をまとめ、昭和四十一年(一九六六年)に生活圏構想を樹立した。構想には、地域を母都市と一次生活圏に分け、拠点開発とネットワーク化による開発方式と、図書館、託児所、診療所、宿泊研修施設を一体化した中核施設「おぐに開発総合センター」の建設計画が盛り込まれていた。この複合施設は、経済企画庁単独事業第一号として採択され、昭和四十三年（一九六八年）十一月に完成した。この構想は、地域開発の「小国方式」として、全国的に注目された。

さらに住民の雇用確保と所得の向上を図るため、昭和四十五年（一九七〇年）には産業圏構想を打ち出し、その戦略的手法として自然教育圏構想を策定した。これは、町内に三カ所の重点整備基地を設定し、それぞれの地域がもつ特性を生かした産業を創出しようとするものである。これらの方策により、小国町の一人当たりの個人所得は、町村の部では県内トップとなり、県庁所在地および主要都市と肩を並べるようになった。

しかし、このような方策にもかかわらず、人口減少には歯止めがかからず、基盤整備もいまだしとして、平成二年（一九九〇年）には、二十一世紀を展望する新たなまちづくりの手法として「ぶな文化交流圏構想」を樹立した。この構想は、超長期的な小国町の発展方向を示すもので、最終的な小国町の姿を、世界に向けたブナ文化の受発信基地、ブナ文化の学術研究タウン、森の中のインダストリアル・パークをイメージしているという。

この構想は別名「白い森の構想」とも言われる。ドイツの有名なシュヴァルツ・

ヴァルト（黒い森）は針葉樹林帯であるが、広葉樹林帯はヴァイス・ヴァルト（白い森）と言われる。小国の森林は広葉樹のブナ林が支配的であること、および雪の白から「白い森の構想」としたのである。さらに小国を真っ白なキャンバスに見立て、町民と一緒に未来を描こうというものである。

創意工夫による小国町のまちづくりの、これまでのすばらしい実績から、白い森構想も大いに期待できるのではないかと、私は思っている。この白い森構想を実現するため、つまり豊かな自然とゆとりある暮らしが共存する「白い森の町おぐに」を創るため、小野精一・小国町町長は、町民との対話と心の和を大切にしたまちづくりに努めると、述べておられる。私は、これまでの町を挙げての創意工夫によるすばらしい実績からして、この白い森構想は、大いに期待できるのではないかと、思っている。

東北が誇る世界自然遺産――白神山地《しらかみさんち》

今から一〇年ほど前であったろうか。東北の白神山地が世界自然遺産に登録されたことを知り、とても感動した記憶がある。その後、三内丸山がブナ林に囲まれていたことから、ブナ林の重要性について考え、白神山地について、調べてみたいと思った。

そこで青森県自然保護課、同県岩崎村および秋田県自然保護課にお願いをして、たくさんの資料をいただいた。さらに、鎌田孝一著『白神山地を守るために』（白水社）や根深誠著『津軽白神山がたり』（山と渓谷社）を参考にして、以下に述べてみたい。

❖森林保護の努力が実って

私はまず「白神」という名前にひきつけられた。『津軽白神山がたり』によれば、名称の故事来歴は残されておらず、推測の域を出ないとしたうえで、「白神岳の山頂と白神川河口近くに白神大権現の祠があり、ここで頭に浮かぶのは、津軽地方に今も残るオシラサマ信仰との関連で、オシラサマとは養蚕の神で正しい本名が白神である……」と述べているが、名称の由来については、こうした説があると、紹介するにとどめたい。

ところで、白神山地は、青森県南西部から秋田県北西部に位置し、青森県の西目屋《にしめや》村・鰺ヶ沢《あじがさわ》町・深浦町から、秋田県の八森《はちもり》町・峰浜村・能代《のしろ》市・藤里町にまたがり、標高八〇〇メートルから一二〇〇メートルあまりにおよぶ山岳地帯の総称である。代表的な山は、向白神岳《むかいしらかみだけ》（一二四三メートル）、白神岳（一二三二メートル）である。

この白神山地の総面積は、約一三万ヘクタールで、ブナ原生林を主体とする世界でも最大級の、貴重な手つかずの自然の宝庫である。この原生林は、天然記念物のクマゲラやイヌワシをはじめ、学術的にも貴重な動物が生息して、価値の高い生態系を有する地域である。

これが評価されて、白神山地のブナ原生林は一九九三年十二月、世界自然遺産に登録された。屋久島とともに日本で初めての世界自然遺産登録であった。面積は約一万七〇〇〇ヘクタールで、うち青森県約一万二八〇〇ヘクタール、秋田県約四三〇〇ヘクタールである。

この世界自然遺産として登録された地域は、特に優れた植生を有し、人為の影響をほとんど受けていない核心的な地域（核心地域）と、核心地域の周辺部の緩衝地帯としての役割を果たす地域（緩衝地域）とに分かれて管理がなされ、核心地域は特に厳正に保護される地域である。なお緩衝地域は、世界遺産委員会ビューロー会議の動きを受けて、拡大した地域である。

世界遺産が根拠とするのは、世界の文化遺産および自然遺産の保護に関する条約である。その目的は、世界の文化遺産・自然遺産の保護のために保護を図るべき対象をリストアップし、締約国の拠出金からなる世界遺産基金により、各国が行う保護対策を援助するというもので、一九七二年にパリで開催された第一七回ユネスコ総会で採択された条約である。

締約国は、アメリカ、イギリス、フランス、ドイツ、イタリア、ロシア、中国、日本など、二〇〇三年十一月二十八日現在で一七七カ国である。世界遺産の数は、自然遺産一四九、文化遺産五八二、自然遺産と文化遺産複合は二三で、計七五四カ所にのぼり、そのうち日本は一一カ所である。

日本が世界遺産に登場したのは、一九九三年で、世界遺産条約が発効してから一八年も経過している。また、白神山地の保全という観点から見ても、白神山地森林生態系保護地域の設定は、ようやく一九九〇年三月からである。白神山地自然環境保全地域の指定も、一九九二年七月であり、国会における世界遺産条約承認自体がこの年の六月だったのである。わが国の世界遺産に対する取り組みは、スローモーの譏《そし》りを免れえないであろう。

そうしたなかにあって、むしろ民間の白神山地原生林保全運動が始まった時期のほうがもっと早く、一九八二年からであった。日本自然保護協会のバックアップを受けて、秋田サイドからは、「白神山地のブナ原生林を守る会」および藤里町の「秋田自然を守る友の会」が、そして青森県サイドからは、「青秋林道反対連絡協議会」が、密接な連携をとりながら、それぞれ活発な運動を展開した。その結果、前述の林野庁および環境庁から保全地域の指定を受けることとなり、さらに世界自然遺産の登録に至ったのである。私はこれらに参加した人々が払った時間と努力に対して深く感動を覚えるものである。これらの運動については、先に挙げた鎌田孝一氏と根深誠氏の著書に、詳細に述べられている。

❖ブナ林は森の母

ブナ林は、ほかの森林に比較して生命をはぐくむ力が並はずれて強い。水源涵養《かんよう》機能や地表浸食防止機能なども高く、このような多面的な機能に加えて、その美しさも高く評価されている。諸外国ではどうであるかというと、根深誠氏によれば、イギリスではブナは、"the mother of the forest"（森の母親）と呼ばれているという。また、デンマークでは国歌に、「湖面にブナが影を落としている限り、祖国は決して滅びない」と歌われているという。さすがはデンマークである。

ブナ林の魅力について、鎌田孝一氏は「私が一番感じるのは、白神に行くと気持ちが豊かになるということで、ああ自然の懐に抱かれているんだなあということが実感できる」と述べている。加えて、「山へ行った時あるいは何かをとった時、あたりに誰がいなくても、（自然に対し）有り難うという言葉が（思わず）出てくる」とも言われている。さらに「晴れた日でも雨の日でも四季に応じて（自然は）姿を変えて見せてくれる」と書いておられる。いうならば、白神の自然は心にやすらぎと潤いを与えてくれるということであろうか。

私は先に、二十一世紀は人類が人類の危機をひしひしと感ずる世紀となり、その危機とは、地球環境の悪化と精神の荒廃である、と述べたが、白神山地のブナ林が世界自然遺産に登録されたことは、こうした危機の防止に、大いに貢献してくれるのではないかと、思っている。

笑顔と玉杯の町――秋田県雄物川町《おものがわまち》

「嗚呼玉杯に花うけて」の作曲者・楠正一の記念碑は、秋田県雄物川町にある。このことについて調べていた私は、ある折、同窓の今野英一君に、その話をした。敬愛する今野君は、秋田県西仙北町刈和野在住で、私のために骨を折り、秋田魁《さきがけ》新報社の資料を、たくさん送ってこられた。以下に述べるのは、これらの資料にもとづいた、雄物川町の横顔である。

❖スマイルのまちづくり

『雄物川町勢要覧　二〇〇〇年』によれば、同町は秋田県横手市の西方に位置し、人口約一万二〇〇〇人。町の中央を南北に貫流する清流、雄物川と、西部山間地帯背後の秀峰、鳥海山（二二三〇メートル）を臨む、風光明媚で自然環境に恵まれた「農業立町」を町是とする町である。

雄物川町は古くから文化の栄えた地域で、旧石器時代、縄文時代および古墳時代の出土品が多い。雄物川町が最初に歴史に登場するのが「沼の柵」である。前九年の役（一〇五一～六二年）の功績でかつてないほどの権力を手に入れ、わが世の春を謳歌していた清原氏の一族に、やがて内乱が起き、後三年の役（一〇八三～一〇八七年）となるが、その戦いの舞台となったところが、この「沼の柵」である。

鎌倉時代になると、雄物川町は小野寺氏の支配下におかれ、江戸時代には常陸《ひたち》の国（茨城県）から移封された佐竹氏のもとで、新田開発が盛んに行われた。雄物川町には、天保無縁塚というものがある。天保四年（一八三三年）の大飢饉の際、山形や仙台や南部（岩手県）から、はるばる食物を求めて雄物川に来て、餓死した一一三人の霊を弔った塚である。当時、雄物川町は新田開発のおかげで、食糧事情が良いことが東北各地に知られており、そのため大勢の人がやってきたのではないかと思われるが、何よりも他国からの餓死者を弔った雄物川町の人々の心の優しさに、私は深く感動を覚える。そんな雄物川町も、幕末の戊辰《ぼしん》戦役では、秋田藩が西軍に走ったため東北諸藩の攻撃を受け、庄内、仙台兵によって、多くの損害を受けた。

雄物川町となったのは、昭和三十年（一九五五年）で、沼舘町、里見村、福地村、舘合村（薄井富田の一部）などの合併により、誕生した。この町名は、もちろん秋田県第一の大河、雄物川に由来するが、雄物川自体の名前の由来は『享保郡邑記《きょうほうぐんゆうき》』によれば、「仙北三郡の貢物（御成物）をば舟にてつみ下る川なれば雄物川と申す」との記述があり、「御成物」から「雄物川」（御物川）と呼ぶようになったとする説が、一般的と考えられている。

雄物川町の町民憲章によれば、雄物川町は「笑顔の町」である。「笑顔で働く、笑顔で学ぶ、笑顔でふれ合う」を町民の指針としている。この笑顔、すなわち「ＳＭＩＬＥ」は、Ｓａｆｅｔｙ＝「安全」に暮らせるまち、Ｍａｋｅ＝「創造力」に富んだまち、Ｉｄｅａ＝「知恵と知識」を出し合うまち、Ｌｉｆｅ＝「生活」の基盤を築き合うまち、Ｅｎｅｒｇｙ＝「活力とエネルギー」のみなぎるまち、の頭文字である。「ＳＭＩＬＥ」で暮らせる豊かなまちづくりを進めるために、町民一人ひとりの知恵と力を結集する、と町民憲章はうたっている。この発想が、とてもすばらしい。

気仙弁の大家で、医師の山浦玄嗣先生は、笑えば脳の血のめぐりがよくなると言っておられるが、笑って脳の血のめぐりがよくなった町民の皆さんのまちづくりへの参加によって、雄物川町が佐々木孝志町長のもとで、さらにすばらしい町へと発展していくことを、お祈りしたい。

雄物川町は、笑いのある町、碑のある町である。そして、夕べには「嗚呼玉杯に花うけて」の曲がチャイムで流れる、メロディーのある町でもある。

❖玉杯曲塚の成り立ち

『秋田魁新報』の記事によれば、昭和五十二年(一九七七年)、同社の井上文化部長は、秋田県文化保護協会会員の後藤廉二氏宛に手紙を書いている。「雄物川町は碑の町といわれるが、『嗚呼玉杯に花うけて』の作曲者・楠《くすのき》正一《まさかず》の顕彰碑がないのは、どうしたことか。作詞者・矢野《やの》勘治《かんじ》の碑は、郷里・兵庫県龍野《たつの》市に建てられている。雄物川町に御一考を煩わせたい」との手紙である。

後藤氏はこの手紙を読んで、碑の建設を決意されるが、七〇年前に離村した楠の消息を知る人もなく、いたずらに年月が経過していった。そんな折、昭和六十一年（一九八六年）五月十五日から、「嗚呼玉杯に、作曲者楠正一の生涯――雄物川町出身」の記事が、九回にわたり『秋田魁新報』に連載された。それによれば、楠は明治十三年（一八八〇年）、舘合村薄井（現雄物川町）の地主・楠三郎治の長男に生まれ、小学校卒業後上京し、私立日本中学校を経て、明治三十三年（一九〇〇年）七月、旧制一高に入学、夜間に上野音楽学校に通って音楽を勉強し、明治三十五年（一九〇二年）二月に「嗚呼玉杯に花うけて」、翌年二月に「緑もぞ濃き」を作曲したが、たちまち満天下の老若男女を問わずに愛唱される名曲となった。しかし東大入学を目前にして同年三月突然退学、消息を絶った。

実は退学の後、一高助手、秋田県庁勤務を経て、大正八年（一九一九年）北海道に渡り、役所等に勤め、その間、一高に在学したこと、前述の作曲のことは一切口にせず、昭和二十年（一九四五年）七月十六日、札幌市の自宅で、六十四歳の生涯を閉じた。

後年音楽評論家・田辺尚雄は、楠は音楽の天才で、正規に音楽を勉強していたら滝廉太郎の後継ぎになっただろう、と絶賛している。

この天才作曲家が雄物川町出身であることを知った町民は、にわかに関心をもち、舘合地区の住民で組織する顕彰碑建設委員会（中山八郎委員長）が発足し、一高同窓会の協力を得て、「嗚呼玉杯に花うけて」の碑として、「玉杯曲塚」が建立された。除幕式は、昭和六十三年（一九八八年）十月三十日に、楠正一のご長男、宏氏《こう》（第一四、一八南極探検隊隊長で、国立極地研究所名誉教授）ら遺族の方々をはじめ、中山八郎委員長、富田弘二町長（当時）ら地元関係者、大槻文平・一高同窓会会長ら同窓会会員の参列により、盛大に行われた。

その際、中山委員長は祝辞の中で、「日本の寮歌の王者と絶賛されるこの名曲は、今なお愛唱され、……人づくりの重要性が叫ばれているなかにあって、この碑がその一助となることを念願する」と言われた。富田町長は「先人を讃える碑ができたことは、大きな励みになる」と言われ、大槻同窓会会長は「郷里のみなさんが、その大先輩の碑を建立されたことに、深甚の敬意を表したい。東京、兵庫にある歌詞の碑とともに、長く後世に伝えられるだろう」と述べられた。そして、一高同窓生たちにより「嗚呼玉杯に花うけて」と「緑もぞ濃き」が歌われ、宏氏の挨拶で、除幕式は終了している。

その後平成十四年（二〇〇二年）には、「玉杯」作曲百年祭が、行われている。この催しについて、以下で詳しくご紹介したい。

❖「嗚呼玉杯に花うけて」百周年記念

旧制一高の寮歌「嗚呼玉杯に花うけて」が、明治三十五年（一九〇二年）に作られてから、平成十四年は一〇〇年目に当たるため、百周年を記念して、この年の五月二十六日、作曲者・楠正一の出身地、秋田県雄物川町の旧舘合小学校（現・多世代交流施設「つきの木館」）にある楠の顕彰碑の前で、「嗚呼玉杯百年記念寮歌の集い」が開催された。

主催者は一高玉杯会（服部泰敬代表幹事）と関西向陵会（上小沢敏行会長）で、協賛は雄物川町であった。会場には一高同窓生八〇名、二高・山形高など友誼校二八校一〇〇名のほかに、寺田典城《てらたすけしろ》秋田県知事はじめ来賓の方々二〇名を含む、約二〇〇名、雄物川中学校生ほか地元協力者約二〇〇名、総計約四〇〇名の盛況であった。

開会の挨拶、献酒、来賓挨拶と続き、寺田県知事は挨拶の最後で、「みなさんもう一〇〇年長生きしてください」とユーモア溢れる言葉で結ばれた。祝電披露では、近くの千畑村《せんはたむら》ご出身の佐々木毅《たけし》東大総長が、メッセージの中で

「『嗚呼玉杯……』は、明治の理想主義を素直に歌い上げた旧制高校の歌の中でも、最も有名な作品であり、一〇〇年の歴史の中で失われたと思われる、理想主義を取り戻すために、今後も歌い継がれることを祈念する」

と述べられた。

最後に、楠正一のご長男宏氏から感謝の挨拶があり、続いて「嗚呼玉杯に花うけて」の原曲を、雄物川中学校の学生約一〇〇人が二唱して、セレモニーは終了し、いよいよ寮歌の開始となった。

まず一高は、「緑もぞ濃き」（作詞・柴碩文、作曲・楠正一）、「アムール川の流血や」（作詞・塩田環、作曲・栗林宇一――近隣の六郷町出身）など一〇曲を歌い、ついで友誼校から一曲ずつ披露された。そのいで立ちを述べれば、白線帽や鉢巻、羽織袴で太鼓を打ち鳴らし、旗を振っての寮歌高唱であった。なかには肩を組み踊りながら歌う者も出てきて、大いに盛り上がった。最後は顕彰碑前のお花畑の周りを回りながら、「嗚呼玉杯に花うけて」を二唱して、閉会の挨拶となった。

当日は雄物川町の協力も絶大で、会場の準備、来会者の送迎、受付、地元主婦の方々の手作り郷土料理の接待もあり、地元と一体となった寮歌の集いであった。

地元の協力といえば、町ではこの寮歌の集いに合わせて、三カ月近くにわたり、郷土資料館で楠正一および一高関係の資料が展示された。井上司朗先輩の「一高寮歌私觀」によれば、旧制一高では、生徒を世の汚濁に染ましめるよりは、寄宿寮に籠城せしめ、この国を背負って立つ人材を育成せんとして、明治二十三年（一八九〇年）に寄宿寮四寮（後に五寮）が竣工し、全生徒が寄宿生となった。

その際、寮生の守るべき準則として、学校側から示されたのは、第一に自重の念と廉恥の心、第二に親愛と共同、第三に辞譲と静粛、第四に衛生と清潔、の四綱領で、その実践と運営は、寮生の自治に任せられた。このような精神にもとづく寮生活の下で、切磋琢磨《せっさたくま》が期せずして行われ、その三年間の自治寮生活から自然に生まれた青春の歌が、寮歌であった。その代表的なものが「嗚呼玉杯に花うけて」であって、一高生の間だけでなく、広く日本全国の青年子女にも愛唱された。

私はこれを契機として、雄物川町を起点として、「嗚呼玉杯に花うけて」が後世に伝えられ、歌われることを願ってやまない。そして一高のその他の寮歌も、さらには友誼校の寮歌も後世に伝えられ、歌われることを願ってやまない。最後に「嗚呼玉杯に花うけて」の歌詞（五番までのうち四番まで）を記して、結びとしたい。

一、嗚呼玉杯に花うけて
　　緑酒に月の影やどし
　治安の夢に耽りたる
　　栄華の巷低く見て
　向ケ岡にそゝりたつ
　　五寮の健児意気高し

二、芙蓉の雪の精をとり
　　芳野の花の華を奪ひ
　清き心の益良雄《ますらお》が
　　剣と筆とをとり持ちて
　一たび起たば何事か
　　人生の偉業成らざらん

三、濁れる海に漂へる
　　我國民を救はんと
　逆巻く浪をかきわけて
　　自治の大船勇ましく
　尚武の風を帆にはらみ
　　船出せしより十二年

四、花咲き花はうつろひて
　　露おき露のひるがごと
　星霜移り人は去り
　　梶とる舟師《かこ》は變るとも
　我のる船は常へに
　　理想の自治に進むなり

森と清水の町——秋田県六郷町《ろくごうちょう》

雄物川町について書いたあと、これらの資料を提供してもらった今野英一君から、今度は六郷町についても書いてみないかと言われ、その資料を、またたくさんいただいた。私は、六郷町公民館や学友会にもお願いして、『六郷物語』（六郷小学校発行）、栗林新一郎試論『慶長の町づくり』（六郷町学友館編集）などの貴重な資料をたくさんいただいたので、これらをもとにして、六郷町について、述べてみたい。

❖名水と寺社

六郷町という町名の由来には、いくつかの説がある。この地には清水の湧き出るところが多く、これをアイヌ語で「ルコクコツ」と言うそうであるが、この語が転化して「六郷」となったというアイヌ語語源説、六つの郷からなるところからきたという集合説（秋田風土記）、地頭としてこの地に来た二階堂氏が、武蔵国六郷からとって名づけたという地名移転説、などである。

六郷町は、県中南部の横手盆地中央部にあり、奥羽山脈から西流する丸子川の扇状地で、横手市、大曲《おおまがり》市に隣接、人口約八〇〇〇人である。

歴史をさかのぼれば、縄文・古墳時代の出土品もあり、古くから人々が居住する地域であった。中世には、清原武則《きよはらたけのり》の長子・武貞《たけさだ》の居城があったといわれる。前九年の役で安倍氏を滅ぼした清原武則は、安倍貞任の参謀格・藤原経清《つねきよ》を殺害して、その妻と七歳の息子・清衡《きよひら》を連れて六郷に帰り、やがて連れ帰った経清の妻と結婚した。二人の間に家衡《いえひら》が生まれ、成長した異父兄弟の清衡と家衡が争うこととなり、これが後三年の役となる。この戦いで家衡を滅ぼした清衡は、実父の藤原経清の姓をとって藤原清衡となり、平泉に居を構え、奥州藤原氏三代の繁栄の礎を築いた。

藤原氏の滅亡で頼朝の命により二階堂氏が入部し、爾来四〇〇年間六郷氏（二階堂氏が改名）が支配した。近世に入ると、六郷政秀が常陸へ、代わって佐竹義重《さたけよししげ》が六郷城に入った。明治を迎え、明治二十四年（一八九一年）の町制施行で、現在のようになった。

六郷町は清水の里として知られる。昭和六十年（一九八五年）、環境庁から「全国名水百選」に選定され、平成七年（一九九五年）には国土庁から、清水を生かしたまちづくりが評価されて、「水の郷」と指定された。学術的にも貴重な、淡水魚として評価の高い、氷河期の生き残りの種、「イバラトミヨ」が生息している清水もある。

清水の総数は六〇を越え、六郷湧水群と呼ばれ、一つ一つに名前がついている。例えば「笑顔清水」というものがある。この清水を所有していた初代町長の畠山久左衛門翁が、自らの屋敷内にある清水に映るわが影を見てほほえみを浮かべたところから、この名がついたという。また、「側清水《がわしみず》」という名もある。側清水地蔵尊のそばにあることに由来する。「ニテコ清水」という名もある。これは、アイヌ語の「ニタイコツ」、水たまりの低地、を意味する言葉から転化したという。この清水は六郷町を代表する名泉である。だが、これらの清水群も、森林を伐採したり下水道工事をしたせいで、水が出なくなったものも多いということで、寂しいことである。

六郷町には二六の寺がある。これは六郷氏および佐竹氏の誘致などによるもので、戦国時代の六郷は戦の連続であったので、武将の菩提寺としたといわれる。また、城下町として、さらには防備のうえでも必要であったという。まちづくりに関しては、藩主佐竹義重は積極的に乗り出し、これにより小西、栗林、西鳥羽《にしとば》など西国からも豪農が移住してきて、大商人に成長したといわれる。

江戸時代の紀行家、菅江真澄は、その著『月の出羽路』(仙北郡一一)の中で、六郷の産物を並べた戯《ざ》れ歌に「六郷は……百清水、多い寺々、絶えぬ金持」と詠んでいるが、今も昔も変わるところはない。

寺社が多いので、その境内に大樹が茂っていることから、かつてはまるで森に囲まれた町のように見えたようである。「森の里」とも言われたゆえんである。昭和三十年(一九五五年)頃まで町の東部には数キロにわたって鬱蒼とした森があったといわれるが、さだかではない。しかし、町のシンボルとして清水と森が挙げられるというのは、実にすばらしいことである。

❖優れた人材を輩出

『慶長の町づくり』によれば、佐竹義重の寺院招致は、六郷の防備を考えながらも、城下町としての経済的・文化的繁栄を策したのではないかといわれる。これに伴い、小西（関ヶ原戦後移住）、栗林（越後）、西鳥羽（紀州）、辻（伊勢）、鷹觜《たかはし》（京都）、竹村（越前）、樫尾《かしお》（越前）の諸家が、六郷に移住してきた。

これらの諸家の移住は、関ヶ原の戦いに関係があると考えられるものが多い。例えば、小西家は小西行長の子孫、竹村家および樫尾家の越前は、西軍・大谷吉継の所領、越後はかつての西軍・上杉の所領といったごとく、反徳川のものが逃れて常陸の佐竹義重を頼って六郷に来たのではないかといわれている。また、水戸八〇万石から秋田二〇万石に減封された佐竹藩の焦眉の急は、藩財政の確立であったため、これら西国からの豪農の経済力に頼ろうとしたのではないかといわれる。

これら諸家は、京都、紀州、伊勢、越前、越後から来ており、上方商人の系譜に連なるもので、上方との取引を通じて全国的流通を佐竹藩にもたらした。その活躍ぶりを例示すれば、元禄十四年（一七〇一年）に赤穂藩がその家具類を大阪に売り出したとき、買い取ったのは西鳥羽家である。また栗林家は、移住後一二五年目で大阪に米を売りに出している。さらに梁田《やなだ》友齊《ゆうさい》、佐尾《さお》休冠《きゅうかん》（樫尾休冠）ら多くの学者、文人がこれらの諸家から出ているのである。

六郷町はまた、「文教の町」「学者村」などともいわれる。藩政時代には、先の梁田友齊や佐尾休冠をはじめ、学者、文人、墨客を輩出しており、明治においても、学芸文人の輩出は多士済々であった。調べたところでは、昭和二十六年（一九五一年）、六郷町の新聞社発行の『文化誌』中の「風聞録」の中に、三人の博士の名が見える。文学博士・栗林宇一、医学博士・寺坂簾九郎、同・竹村賢一郎で、このうち栗林宇一は人格者で、わが国における心理学の権威者であるとされている。

栗林宇一は、明治三十三年（一九〇〇年）に旧制一高に入学し、寮歌「アムール川の流血や」を作曲している。三年の時に病気で中退し、その後は旧制六高を経て、東大哲学科を卒業後、旧制二高教授（心理学、ドイツ語）となり、東北大学の講師も兼ねていた。

旧制二高OBの嶋村匡俊さんから、金田一春彦・安西愛子編『日本の唱歌』（下、講談社文庫）に収録されている「アムール川の流血や」の解説のコピーをいただいたが、それによれば、この歌は以前陸軍軍楽隊長・永井建子の作曲であると誤って伝えられていたが、昭和五十一年（一九七六年）に栗林家、永井家の遺族が話し合った結果、栗林の作曲と確認された。

この歌は、旋律が単純で歌いやすいことから広く愛唱され、「万朶《ばんだ》の桜か襟の色」で始まる、陸軍の「歩兵の本領」にも、また、「聞け、万国の労働者」で始まる「メーデーの歌」にもこの曲が借りられている。そのほか、全国の小学校、中学校などでこの曲を借りて、応援歌にしているところが多いそうである。現に、私の出身校である愛知県一宮第二尋常高等小学校高等科（私は尋常科で野球部の選手をしていた）が、昭和五年、六年（一九三〇年、三一年）と全国野球大会で二連覇したときの祝勝歌にも、この曲が使われていた。

六郷町はこのように優れた人物を輩出しているが、何よりも六郷町の人々が清水を大切に守ってこられたことに、私は深い感動を覚える。六郷町は森の町、清水の町、寺の町であるが、これらは二十一世紀において重要な役割を果たす、大切な自然と心に照応する。六郷町は、伝統的にそれらを兼ね備えた町であると、いえるのではないだろうか。

歴史を刻む東北の偉人

心に残る秋田の偉人たち

秋田を調べてみて、私には心に残る人が多かったが、その中の三人について述べることにしよう。

❖安藤昌益《あんどうしょうえき》

まず安藤昌益から始めることとしたい。安藤昌益（一七〇三〜一七六三年）は、江戸中期の医者、社会思想家で、農業指導家ともいわれ、秋田県大館《おおだて》市出身である。一七四四年青森県八戸《はちのへ》市に移り、ここで著作活動をし、また限られた門弟に講義等をして、一七五七年大館に帰り、その思想の論理的必然として農業指導家に転じ、一七六三年に死去して、大館に葬られている。

まず医者としての昌益について述べれば、『八戸藩日記』の中で、流鏑馬《やぶさめ》奉納に来ていた射手二人が病気になったので、藩命により昌益が治療にあたった。その甲斐あって二人は全快し、昌益に感謝して礼金を払おうとしたが、遠くから来た人に尽くすのは当然であるとして受けとらなかったという。

農業指導家としての昌益について述べれば、昌益が大館において死去した際建てられた石碑には、「守農太神確龍堂良中」と彫られていた（「良中」は昌益の字、「確龍堂」は彼の号）というが、「守農太神」の文字によって、晩年の昌益がその思想を村人たちに広める努力を怠らなかったことが知られる。

社会思想家としての昌益は、膨大な著作『自然真営道』『統道真仏』等を著し、すべての人は平等な存在であり、また直耕という農業労働に従事し、自らの食料と衣服を自作しなければならないとして、封建社会を批判している。

また人間は、自然環境を破壊し、自然の生態系を崩すことは許されないとし、人間と自然とはどのようにして共存できるかなど、エコロジー思想に連なる説を述べている。

彼の思想は長い間日の目を見なかったが、明治三十二年（一八九九年）、後に述べる狩野亨吉が、古本屋で彼の著『自然真営道』を見つけ、世に紹介して初めて昌益の名が知られるに至り、さらにその名が広く知られるようになったのは、昭和二十五年（一九五〇年）アメリカの歴史家E・ハーバート・ノーマン『忘れられた思想家——安藤昌益のこと——』（岩波新書）によってである。また一九九二年には「昌益国際フェスティバル　八戸」が開催され、大会のテーマは「昌益と現代　自然と人間の調和をめざして」とされ、昌益の思想は現代においても大いに関心をもたれている。

❖菅江真澄《すがえますみ》

次に、菅江真澄について述べることとする。真澄（本名・白井英二）は、一七五四年三河の国（現在の愛知県）豊橋で生まれた。三十歳の時みちのくに旅に出ている。彼の言葉によれば、「みちのくは都塵に汚されず、さかしら人にそこなわれず、太古の笑いがどよめきこだまする神域なのだ。私をみちのくへ誘ったのは、まさしくそのような失われた古代へのあこがれだ」と言っている。長野から新潟、山形、秋田、青森に行って天明の大飢饉に遭い、やむなく引き返して岩手、宮城に入り、飢饉の収まるに伴ってまた戻って青森から北海道に至り、また青森を経て一八〇一年秋田に入り、それより二八年間秋田を離れることなく、一八二九年秋田で生を終えている。その間約四六年間一〇〇種二〇〇冊に及ぶ著作に、詳細な絵図が挿入され、日記、地誌、随筆、図絵集などの体裁をとっているが、その内容は、民俗、歴史、地理、国語、詩歌、考古、本草等の分野に及び、『菅江真澄遊覧記』五巻（東洋文庫）にまとめられている。真澄の著作は、今から約二〇〇年前のみちのくの庶民の生活に光を当て、客観的に叙述されており、『遠野物語』の著者、柳田国男から、民俗学の先駆者として世に紹介され、高く評価されている。

真澄は取材中、秋田県田沢湖町で病に倒れ、角館《かくのだて》に運ばれて没したと、伝えられている。遺体は友人、鎌田正家（秋田市の古《こ》志《し》王《おう》神社の摂社・田村堂の神官）の墓域に葬られているが、海の見える小高い丘にあり、その墓碑は真澄の弟子、鳥屋長《とやのなが》秋《き》が書き、「友達あまたして石碑立る時よみてかきつける」として、「三河渥美小国ゆ　雲はなれ　ここに来をりて」で始まり、「万代にきこえあげつる　はしきやき菅江のをちか　おくつき処」で終わる長文の挽歌が刻まれている。

私はこのように立派なお墓を、秋田の人々が建てられたことに深く感動する次第であるが、同時に真澄の研究はもとより、各地に残っている遺墨、史跡等の保存を図り、真澄の業績の普及を目的として、昭和五十六年(一九八一年)九月二十日、菅江真澄研究会が設立され、毎年真澄の墓の前で墓前祭が行われ、会誌の発行、研修会が行われていることに、深く感銘を受けている。

❖狩野亨吉《かのうこうきち》

狩野亨吉(一八六五〜一九四二年)は、思想家、教育者で大館市出身。秋田藩の儒者、狩野良知《よしとも》の次男である。東大数学科と哲学科の出身で、旧制一高校長時代には、一高健児の校風をつくり、名校長と慕われた。一九〇六年京大文科大学長として幸田露伴、内藤湖南《こなん》を招き、独特の学風をつくった。ここで内藤湖南に触れると、秋田県鹿角《かづの》市出身で秋田師範卒業。亨吉に講師として招かれ、後に教授となり、亨吉の知遇に応えて狩野直喜とともに京都学派を育て活躍した。亨吉は一九〇八年辞職し、その後は民間にあって書画の鑑定、古書の収集にあたった。

亨吉が安藤昌益を世に紹介したことについては、前に述べた通りであるが、古書の収集に関連してさらに述べれば、東北大学の狩野文庫は、一〇万八〇〇〇余冊に及ぶわが国和漢の大コレクションで、首都圏等から研究者が閲覧のため仙台詣でをしているという。また夏目漱石の『坊っちゃん』のくしゃみ先生は、亨吉がモデルといわれる。なお前述の狩野良知について述べれば、秋田市の千秋公園の命名者で、「千」とは永久を意味し、「秋」とは秋田を指している。風格のある公園である。

仙台開府四百年の偉人たち

伊達政宗は、一六〇一年、仙台城の普請および新城下の屋敷割を行い、町づくりに着手した。この時をもって仙台開府といわれており、二〇〇一年は、この時から数えて四〇〇年目である。市ではこの機会に、開府以来の史的資産を継承し、二十一世紀の新しいまちづくりの起点とするとともに、仙台開府四百年記念事業を盛大に行うこととした。

このため、仙台開府四百年記念事業推進協議会（会長・村松巖《いわお》仙台商工会議所会頭）をもうけ、これを中心として二〇〇〇年に、一五一名参加のもと、平成遣欧使節団（団長・藤井黎《はじむ》仙台市長）をローマ法王庁に派遣し、仙台城石垣修復および艮櫓《うしとらやぐら》の復元事業、開府四百年秋まつりなどを、行なった。

この記念事業は、民間からも募集され、NPOシニアネットワーク仙台と、サンモール商店街の共同企画による仙台賢人四〇〇人選定のプロジェクトも採択された。

このため、前記両団体からなる「みんなで選ぶ仙台開府四百年の賢人四百人」実行委員会は、七名からなる仙台開府四百年の賢人選考委員会（長田洋子・北燈社代表取締役、東海林恒英・仙台市歴史文化事業団理事長、浜田直嗣・仙台市博物館前館長、塩田長和・河北新報社元論説委員、逸見英夫・仙台郷土研究会副会長、渡邊慎也・出版文化史研究家）を設け、私はその委員長をおおせつかった。

この選考対象は、仙台開府以降四〇〇年の間に、仙台藩（宮城県および水沢、一関《いちのせき》等岩手県の一部）および仙台市に特段の貢献をし、それらの名を高めた賢人であるが、選考に要する期間は二カ月余と非常に短く膨大な作業なので、まず諸般の事情を勘案して、藩政時代から二〇〇一年八月までの物故者に限定した。また、参考文献として、『宮城県百科事典』（河北新報社）、『宮城県姓氏家系大辞典』（角川書店）、『白い国の詩』別巻（東北電力発行）、『仙台人名大辞書』（仙台人名大辞書刊行会発行）、『仙台市史』第一〇巻（年報、書目、索引篇）等を参照し、各委員が賢人候補を提供して議論を重ねた。

これらの議論の中に、後に述べる各グループ間における賢人のバランスをどうするか、同じグループ内の賢人の比較をどうするかなどの難しい問題もあったが、熱心な議論が精力的に重ねられて、まとめることができた。これらは、二〇〇一年九月七日から九日の三日間、サンモール・ハンブルクフェア（第一四回サンモール・ハンブルクフェア——一番町サンモール商店街振興組合は、ドイツのハンブルク商店街と姉妹提携し、毎年サンモール商店街でフェアを行なっている）の一環としてサンモール商店街に掲示し、大勢の市民の方々の興味を引いた。

　ここでは、紙数の関係から、四〇〇名の名前は省略し、概括的に述べるにとどめる。まず時代によって、藩政時代と、明治から二〇〇一年八月までの二区分に分けて、賢人を選び出した。藩政時代では、伊達政宗らの藩主、原田甲斐《はらだかい》らの領主、支《はせ》倉常長《くらつねなが》らの藩士、大槻玄沢らの学者グループと、麹の佐藤長左衛門らの農、石工の黒田屋八兵衛らの工、呉服商の岩井八兵衛らの商のグループと、虎哉宗乙《こさいそういつ》らの高僧、大淀《おおよど》三千風《みちかぜ》らの文人、菅井梅関《ばいかん》らの画家グループに分けた。

　明治から平成までは、高橋是清らの政、遠藤庸治・元仙台市長らの官、吉野作造らの社会、富田鉄之助・元日銀総裁、大槻文平・元日経連会長、仙台の老舗らの経済のグループと、南天棒らの高僧、本多光太郎、土井晩翠らの学術、文化勲章受章者、澤柳政太郎東北大学初代総長らの教育グループと、魯迅らの外国人グループに分けた。

これら賢人四〇〇人の名簿は、サンモール一番町商店街振興組合、シニアネットワーク仙台共同発行のものと、『仙台っこ』二〇〇二年二月立春号の「仙台開府四百年の賢人」(名簿のほかに賢人二九名の偉業が述べられている)があるが、いずれも部数がとても少ない。できれば四〇〇人の賢人の名前とその偉業が、なんらかの形において印刷されないものかと、私は願っているところであるが、ここではそれらのうちで、私たちが参考にした前述の資料に掲載されていない賢人一名だけについて述べてみたい。

それは伊能ノブである。ノブは、仙台藩医・桑原隆朝の娘で、伊能忠敬の後妻になった人である。伊能家の家付き娘ミチの婿養子となった伊能忠敬は、ミチの死後ノブを後妻に貰った。ノブは忠敬が天文に関心をもっていたので、一緒に星空を眺めたりしていたが、ある時忠敬に対し、「長男景敬も大きくなったので、そろそろ隠居をされて好きなことをなさっては如何でしょうか。私の父は自分のしたいことをしないで、抑えていると体に良くないと言っていましたが、今の状態では体に障りますので、早く隠居して好きな天文や地図の測量に進まれては如何ですか」と勧めた。伊能忠敬はこうしたノブの勧めもあり、隠居して近代日本地図の基といわれる日本地図を作製した。ノブの内助の功はまことに大であった。しかし難産のため、結婚後わずか五年で亡くなってしまった。

最後に、われわれの四〇〇人の賢人の選定は、拙速の識りを免れないかもしれないが、よくまとめることができたと思っている。そしてどの賢人も、すばらしい仕事をしている。それらをここで述べられないのが心残りであるが、これらの賢人の偉業に接することは、私たちにとって、特に青少年の方々にとっては、励みとなり、生き甲斐ともなるものと思われるので、これら賢人の偉業を、できるだけ今の世の方々に広くPRし、そして後の世に伝わることとなるよう、努力したい。

そのようになれば、今から五〇年後の仙台開府四五〇年の時において、後世の人々は、賢人四五〇人を選定することを考えるかもしれない。そのときには私たちのこの名簿は、参考にされるかもしれないであろう。そして、こうした企画は、わが国のどの県においてもなされていると思うのであるが、していない県にとっては参考になるのではなかろうか。

折しも、二〇〇三年は江戸開府四〇〇年であった。仙台開府は江戸よりも二年先であったのかと、感慨無量である。江戸開府四〇〇年にあたり、賢人四〇〇人の選定はあったのかは、寡聞にして知らない。

塩が結んだ心意気——大石内蔵助と仙台藩

『河北新報』夕刊のコラム「河北抄」に、大石内蔵助と仙台藩について、大変興味ある記事が載っていた。その要旨は次の通りである。

宮城県本吉町の佐藤三内は、製塩の先進地、赤穂の製塩法を学ぼうと赤穂に赴いた。しかし製法は門外不出であった。そこで思案の末、製塩業者の養子になって秘法を盗み、妻を残して故郷に帰った。これに激怒した赤穂藩は、仙台に三内の身柄引き渡しを要求し、仙台藩もやむなく彼を引き渡した。これを聞いた大石内蔵助は、「三内の罪は重いが、国利民福を図る心から出たもので、私欲による盗みではない」

として三内を放免した。以後仙台藩では赤穂式塩田法が広く行われ、良質の塩を産出するようになったという。赤穂浪士が泉岳寺に向かう途中、仙台藩から粥《かゆ》が振る舞われた。三内の塩で味付けしてあったのかも知れない。

これが「河北抄」の要旨である。私はこれらの点についてさらに調べたいと思い、河北新報社論説委員の方にお願いして、貴重な資料をいただいた。これらの資料は、宮下章著『海苔の歴史』（全国海苔問屋協同組合連合会発行）と、仙台市民図書館編『要説　宮城の郷土誌』であるが、これらにもとづき、以下に述べたい。

まず『海苔の歴史』によれば、大石内蔵助（本名・良雄《よしたか》）の発言を、この本に従って述べれば、大石良雄は三内の裁きにあたって、「三内の罪は重いが、もともと私欲から出た盗人の徒輩ではない。すべて国利民福から出たもの故、この者を罰するのは仁君《じんくん》の政《まつりごと》ではない」として放免したという。私はこれを読んで、赤穂藩城代家老である大石内蔵助の偉大さ、志の高さに深い感動を覚えた。

次に『要説　宮城の郷土史』を読むと、「大石内蔵助の子孫の在仙説」という下りがある。この中で、「記録文書等で記したものはないが、語り伝えとしては、なかったこともないようだ」として、『伊達家史叢談』（全一六巻。大正九～十一年〈一九二〇～二一年〉にガリ版で印刷された三〇部限定本。伊達家三十一世伊達邦宗が、伊達家に関する資料を集大成して子孫に伝えようとして、明治二十九年〈一八九六年〉

以来収集に務めた資料を基にしてまとめたもの）にある「大石良雄ノ子孫仙台ニ在リ」との説について、次のように述べている。

大石良雄は、主君の仇討ちを決意した際、自分の子孫の絶えることを恐れ、大高源吾が仙台藩士大堀亮隆と親交のあることを知り、その一子を大高源吾から大堀亮隆に託して、仙台に送った。この子は仙台藩に仕え、大正十年（一九二一年）時点で、土樋《つちとい》に住んでいた大石がその子孫で、大堀とは代々深い付き合いがあったという。

『要説　宮城の郷土史』では、さらに、元禄十五年（一七〇二年）十二月十四日、赤穂義士が吉良上野介を討って、泉岳寺に引き揚げる時、血槍、血刀を手にして行進した様子が、描かれている。沿道の諸藩邸では誰も誰何《すいか》しなかったが、芝の伊達家藩邸前を通った時、公儀使大堀亮隆は、義士たちを呼びとめ、身分を問いただしている。これを聞き、大石良雄は「さすが大藩である。仙台藩には人物がいる」と言って感嘆するとともに、片岡源吾衛門に答えさせて、「我等は赤穂藩の遺臣である。大法を犯し先君の仇を討ち、泉岳寺に赴き、仇の首を墓に祀ろうとしている。事情察せられよ」と、言ったという。これを聞いた伊達藩四代綱村公は糒粥《ほしいがゆ》（糒とは乾燥して貯えておく飯。水にひたせば、すぐ食べられる）を作らせ、大堀亮隆を通じて、浪士たちに振る舞ったという。

思うに、大堀亮隆は、この仇討ちはいつかあると、思っていたのではないであろうか。また綱村公も、あるいは聞いていたかも知れない。少なくとも大石良雄が佐藤三内を放免した話は、知っていたであろう。

『伊達家史叢談』によれば、大堀亮隆は一七三九年、七十八歳で死去、土樋真福寺に葬った、とある。土樋真福寺といえば、私には非常にご縁がある。というのは、私は現在土樋に住んでおり、真福寺は、私の毎日の朝の散歩道にあり、この寺の高根敏剛住職は、いつもお寺の周辺の道を、三〇〇メートルにもわたって掃いていらっしゃるので、いつとはなしに挨拶を交わす間柄になっていたからである。

私は住職さんに事情をお話しし、「大堀亮隆のお墓はないでしょうか」とおうかがいしたが、ないとのことであり、私もお許しを得て探してみたが、亮隆の墓を見つけることはできなかった。亮隆の死から約三〇〇年、すべて風化してしまったのであろうか。

もう一つ、大石の子孫が土樋に住んでいたことについては、前述の『伊達家史叢談』によれば「今（大正十年）土樋ニ在ル大石ハ、即チ其ノ末裔ナリト。大石家法家督相続者以外ニ、之レヲ口外スル事ヲ厳禁セルヲ以テ、知ル者極メテ寡シ。就テ之ヲ質スニ、先祖不明ナルモ、二代以後ノ襲継者ハ必ズ良ノ一字ヲ名乗トスルコト、家紋ノ大石良雄ト同一タルコト……大堀トハ代々懇親深カリキ」とあった。

私はこれにより、大石姓の人が土樋に住んでいないかと思い、調べてみたが、何の手がかりも得られなかった。私の調査はこれで終わりである。否、終わりにすべきだと思っている。

それにしても大石内蔵助は何と偉大な人物ではなかろうか。そして大石内蔵助と仙台藩がこのように深い関係があったことを知り、感慨無量である。

日本近代文化の揺りかご――堀越修一郎《ほりこししゅういちろう》

二〇〇一年五月、東京で、私たち旧制高校昭和十七年卒業生の文理科合同親睦会があり、私は敬愛する堀越学園理事長の堀越克明君に会った。堀越君の話によれば、「祖父修一郎は仙台藩出身で養賢堂《ようけんどう》に学び、大槻磐渓《おおつきばんけい》を慕って東京に出た」という。私は東北出身者で活躍した人たちに関心をもっているので、さっそく堀越修一郎について、調べてみることにした。

『宮城県百科事典』(河北新報社)によれば、まず養賢堂は一七三六年仙台藩の学問所として始まり、一七六一年養賢堂と名付けられ、初代学頭は田辺楽斎《らくさい》であった。また磐渓は大槻玄沢の次男で、幕末維新期の洋学者、砲術家で、一八二七年蘭学を志し、一八六二年養賢堂学頭となって仙台に移り、戊辰戦争後東京に移った。堀越修一郎が磐渓の教えを受けたのは、この頃である。

『仙台人名大辞書』によれば、堀越修一郎は「記者。仙台の人。少《わか》うして東京に出て苦学多年。穎才新誌社《えいさいしんししゃ》を譲り受け、東京神田美土代《みとしろ》町に発行所を新築せり。当時同誌は青年諸氏の渇仰愛読せるものにて、その発行高の多き、他誌を凌駕し、教育界に裨益《ひえき》する所少なからず」とあった。

穎才新誌とはどのようなものか。まず私は「穎才」という語について、『広漢和辞典』(諸橋轍治、鎌田正、米山寅太郎共著、大修館書店)により調べてみた。すると、「穎」とは穂や穂先がすぐれていることとあり、「穎才」とはすぐれた才能、またはその持ち主、つまり「英才」ということである。

『穎才新誌』については、宮城県県立図書館内馬場みち子さんから、児童史児童文化研究家、上笙一郎《かみしょういちろう》先生の「穎才新誌解説――日本近代文化の揺籃として――」という文章のコピーをいただいた。それによれば、『穎才新誌』は明治十年(一八七七年)創刊され、明治三十四~三十五年(一九〇一~〇二年)頃まで、およそ四半世紀の間続いた少年少女の作文投稿雑誌であった。明治十年というと、明治維新から一〇年しか経っておらず、西南戦争のあった年である。そして明治三十四~三十五年というと、日清戦争に勝利を収めた日本が、ひたすら資本主義の道を進んだ頃であった。

その投稿者を挙げると、佐方鎮子《さかたしずこ》（女子教育者）、後閑菊野《ごかんきくの》（女子教育者）、下岡忠治（政治家）、水野錬太郎（政治家）、中西虎之助（実業家）、尾崎紅葉（小説家）、田山花袋（小説家）、大町桂月《おおまちけいげつ》（文芸評論家）、佐々木信綱（歌人）、薄田泣菫《すすきだきゅうきん》（詩人）、青山千世（山川菊栄の母）、岡田良平（政治家）、河井酔茗《すいめい》（詩人）、佐藤儀助（新潮社の創立者）など、多士済々で、これらの少年少女は『穎才新誌』に投稿し、入選しては喜び、感激してまた投稿を続けたのである。

こうした模様について「穎才新誌解説」では、例を引いて紹介している。まず、明治十六年に数回投稿し入選した大町桂月は、のちに随想「作文回顧録」（『文章世界』明治四十一年十一月号）で、その時のことを回顧しているが、当時十二歳の桂月は、『穎才新誌』に投稿して自ら楽しんでいたが、「我が文が活字となりて誌上にあらわれたるを見し時は、実に雀躍したりき」と、記している。また、田山花袋も回想記「東京の三十年」（博文館、大正六年）で、投稿少年の一人だった花袋は、一週間ごとに出る一枚二銭の雑誌を買うことができないので、発行日の土曜日の夜には毎週いつも決まって、自分の作文が出たかどうかを見るために、遠い道を四谷の大通りの錦絵双紙屋（今の小売書店）に行った、と記している。これらは、満天下の少年少女が、『穎才新誌』への投稿にいかに情熱を傾けたかの一端を示すものである。

さらに続けて上《かみ》先生は「長期にわたって刊行されたことといい、全国規模で無数の投稿少年少女を集めたことといい、そしてその投稿者の中から日本の近代文化の担い手を輩出させたことといい、『穎才新誌』こそ近代日本の児童雑誌の祖型、典型であった」と言っておられる。さらに先生は言葉を変えて、ここに投稿していた少年少女たちがやがて成人してさまざまな分野で活躍し、近代日本社会と文化を創ったのであってみれば、日本近代文化の揺籃であり、日本近代文化の幼稚園ともいえる、嚆矢的な児童雑誌『穎才新誌』の存在は、重要きわまりないのであると言っておられる。この『穎才新誌』を、あとで述べるように、一八年もの長い間とりしきった堀越修一郎は、まったく偉大である。

この雑誌創刊の趣旨は、「近代的学校教育の成果としての作文、問題、詩歌等の優れたものを全国に求め……児童少年の文章を綴る技術を養い高めて行こう」というもので、当初より明治十二年（一八七九年）までの三年間は、編集発行は陽其二《ようきじ》と羽毛田侍郎が担い、明治十四年（一八八一年）に主幹として、堀越修一郎が登場した。

以後明治三十二年（一八九九年）の引退までの一八年間、堀越が編集を取り仕切った。

さらに、野坂健三の私刊誌『黎明の里』第五号（ノサケン情報社、一九九一年）の「穎才新誌特集」によれば、堀越は一八四七年仙台藩士の家に生まれ、養賢堂に学んだが、勉学の思いをとどめることができず、明治四年（一八七一年）、二十四歳の時、師の磐渓を頼って東京に出た。翌年の「学制」発布によって創設された埼玉県の深谷小学校で教鞭をとっていたところ、縁あって一八八一年『穎才新誌』の編集に携わることとなり、編集責任者として一八年間、雑誌編纂に携わった後、一八九九年、五十二歳で職を退いた。のち、和洋裁縫学校（現在の和洋女子大学）を創設し、妻・千代に堀越高等女学校（今の堀越学園）を創設せしめ、ともに校長を務め、堀越学園の礎を築いた。

なお、前述の仙台開府四百年記念の四〇〇人の賢人の中には、この堀越修一郎も、その一人として選定されている。

現代に生かしたい教え——二宮尊徳

私の通った小学校の校庭には、二宮金次郎の銅像があった。薪を背に負い、本を読みながら歩いている像である。

最近『河北新報』で、金次郎の像は、戦争や宮城県沖地震で減り、仙台の市立小学校一二二校のうち、像があるのは二八校にすぎないこと、さらに文部科学省の定める教育指導要領も、ゆとりある教育を目指し、金次郎は知育偏重の詰め込み教育とも受けとられかねない状況であることを知り、私の金次郎に対する思いと異なるので、調べてみた。以下、主として、集英社『歴史の群像　七——挑戦——』の児玉幸多著「二宮尊徳」により述べたい。

❖苦難に挑戦し続けた生涯

金次郎は一七八七年小田原藩領で、今の小田原市栢山《かやま》に生まれた。父利右衛門は中以上の農家で、母よしは旧家の娘であった。金次郎五歳の時酒匂川《さかわがわ》が大氾濫し、父の田畑を埋め尽くし、一家は暮らしに困ってきた。

金次郎十二歳の時、酒匂川の堤防工事が始まり、父が病気のため彼が駆り出された。彼は大人のように働けず申し訳なく思い、大人たちに使ってもらおうと夜なべでわらじを作り、朝早く人知れず工事場に置き続けた。十三歳の時、子守奉公に出て家計を助けたが、帰途松の苗が売れず困っている老人を見て、二〇〇本の苗全部を買い、酒匂川の堤防に植えたという。

金次郎十四歳の時、父は病死した。父と死別した金次郎は、一家の働き頭として早朝村の共有地で薪を採り、町まで売りに行き、昼は農耕、夜はわらじ作り、そして父からの手ほどきの学問にも励んだ。薪を背負い本を読みながら歩いている尊徳像は、ちょうどこの頃のことである。母は心労が重なって、二年後に亡くなった。しかも酒匂川が再び氾濫して田畑は荒廃し、再起の見通しは立たず、金次郎は伯父・万兵衛方に、弟二人は母の実家に、それぞれ預けられた。

伯父の家に居候をしていた金次郎は、十六歳の時、土地のない農民が身を立てるには学問と考え、農耕がすむと、夜は読書をした。だが伯父は、読書のための油などない、と言った。そこで金次郎は友人から菜種を借り、空き地にまき、翌年一四〇倍以上の菜種がとれ、読書に十分の油を得た。また、捨てられていた稲の苗を拾って荒田に植え、秋、六〇キロの米を得た。

これにより、金次郎は開眼し、自然には小を積んで大をなす法則があり、小さなことでもたゆまず積みあげていけば、必ず大きな結果が得られることを、体得した。十八歳の時、伯父の家を出て、村の名主・岡部家に奉公し、二十歳の時、わが家に戻り、人手に渡っていた田畑を買い戻し、余裕があると米や金を貸して蓄財し、二十四歳の時には、田畑も約一・五ヘクタールに達し、住居も建て直して、家の再興をほぼ完了した。

ちょうどこの頃つてがあって、小田原藩家老服部家の若党となり、奉公のかたわら勉学に励んだ。その服部家は家政が厳しく、実績のある金次郎に財政の立て直しを相談した。これに対し金次郎は、服部家の帳簿一切を調べ、衣食住全般にわたる厳しい倹約を、主人、家族をはじめ奉公人に徹底するとともに、小田原藩の低利の一〇〇〇両を借りて、服部家の借金をすべて返し、加えて服部家立て直しの基金を設けて財政を再建し、また服部家以外の武士の生活を安定せしめた。

　小田原藩主、大久保忠真《ただざね》公は、これら金次郎の業績を高く評価し、分家の宇津家桜町領の財政立て直しを命じた。金次郎はせっかく再興した自家の田畑家財を売却し、一家桜町（今の栃木県二宮町）に引っ越しして捨て身の覚悟で取り組み、その結果、荒れ地は耕地となり、人口も増加し、用水路や道路も整い、農家の収入も増加し、桜町財政再建の成果は大いにあがった。

　これを知った福島県相馬藩や茨城県下館藩などは、藩の立て直しを金次郎に陳情した。彼は、みずから、または弟子を派遣して仕法書を作り、復興に尽力した。これらは幕府にも聞こえて、老中水野忠邦は、御普請役格《ごふしんやくかく》として幕府に登用し、利根川分水路見《み》分《わけ》目論見《もくろみ》御用《ごよう》を命じた。この頃から金次郎は、侍名・尊徳を名乗るようになった。また日光東照宮神領の荒廃地復旧目論見の作成を命ぜられた。これにより、日光仕法雛形の作成に取りかかり、八四冊に及ぶ仕法書を作り成果を挙げつつあったが、病を得て近くの今市で七十歳で没した。

前述の児玉幸多氏は、「尊徳は常に挑戦者であった。絶えず全力で物事に当たり、道を切り開いていった」と言っておられるが、同感である。尊徳は、土地のない農民が身を立てるには、学問を修めることだと考え、農作業の傍ら寸暇を利用して読書し、その知識、その知恵によって、逆境を乗り越えていったのである。現代の私たちにとっても、特に青少年には、尊徳に学ぶのは、大切なことではないかと思われる。

❖尊徳の報徳思想

尊徳の哲学「報徳思想」は、非常に難しいが、尊徳を語るうえでは、ぜひ必要と思われるので、これについて述べてみたい。

「報徳」とは論語の「徳を以て徳に報いる」に由来すると言われ、天地人三才（三才とは三つの働き）の徳に報いるに実践的徳行をもってすることである。天地人三才の徳とは、金次郎四高弟の一人、斎藤高行著『報徳外記』（佐々井信太郎・口語

訳、佐々井典比古・現代語訳）によれば、

「日月が運行し四季が循環し万物を生滅してやむことのないのが天の徳である。草木百穀が生じ鳥獣魚類が繁殖し人をして生命を養わせるのは地の徳である。……王侯が天下を治め、家老武士が国家を護《まも》り、農民が農業に勤め、工人が大小建築物を造り、商人が有無を通じて人生を安らかにしているのが人の徳である。……人が世にある以上は三才の徳によらないものはない。ゆえにわが道は、その徳に報いることを本とするのである」

とされている。

この、人が世にあるにあたって受ける三才の徳に報いる実際のやり方（「仕法」という）が、徳を行うことなのである。徳とは、至誠、勤労、分度《ぶんど》（自己の財力に応じて予算を立てること）、推譲《すいじょう》（分度を超えた財産を蓄えて明日、来年、子孫、他人に譲る）であって、財政難の藩、農村を立て直そうとするものであった。これが明治以降報徳社運動となった。東北地方では相馬藩にこの思想は強く根づいた。

❖二宮仕法の優等生、相馬藩

次に、尊徳と相馬藩（現在の福島県浜通《はまどおり》の相馬市を中心とする地域で、当時は二二六村）との関係について、述べてみたい。

相馬藩は、一七八三〜八四年の天明の大凶作により財政が悪化した。このため藩主相馬益胤《ますたね》は、一八一七年「文化の厳法《げんぽう》」（藩主は六分の一、侍は四分の一に生活を切り詰める）を実施したので、財政は持ち直しかけたが、一八三三〜三六年に天保の凶作が続き、藩の財政は悪化した。運悪く益胤は病に倒れ、跡を継いだ十六歳の充胤《みちたね》が「文化の厳法」を守ったが、限度であった。

ちょうどその頃江戸で儒学の修行をしていた相馬藩士富田高慶《たかよし》は、儒学では興国安民の方法は見出せないと思っていた矢先、尊徳が興国安民を唱えると聞き、一八三九年弟子入りした。この高慶から二宮仕法が、相馬藩江戸家老・草野正辰《まさとき》に伝えられ、国家老・池田胤直《たねなお》を通じて藩主の耳に入った。藩主は二宮仕法を相馬藩に実施することを決意し、草野と池田が尊徳に頼みに行った。尊徳は当初難色を示したが、相馬藩の過去一八〇年の正確な記録があったこと、藩主をはじめ家老以下侍まで仕法に献金し、一般村民も協力したので、相馬仕法が行われることになった。

この相馬仕法は、仕法開始の一八四五年から廃藩置県で打ち切られた一八七二年までの二七年間実施され、相馬領二二六カ村のうち一〇一カ村に及び、うち五五カ村が完了した。その成果を述べれば分度外産米二四万八二二〇俵、荒地の開墾二〇〇〇ヘクタール、堤防堰の構築百余カ所、溜池堤の構築六九二カ所、富田川等の新溝渠《こうきょ》開削で著名なもの八カ所を含み数百カ所、人口は約二万人増、戸数も約千百余戸増のすばらしい成果で、相馬藩は二宮仕法の優等生である。

これらの成果は、藩を挙げての取り組みに加えて、尊徳の弟子一八人のうち相馬藩士は一四人で、特に高慶に加えてその甥、斎藤高行、荒至重《むねしげ》らの尊徳高弟がいたことにもよる。

私はこの相馬仕法の成果の中に、荒地の開墾とか、堤防堰の構築、溜池堤の構築、富田川等の新溝渠開削があることを知り、驚いた。

これらは、これまで私のまったく思っていなかったことである。これらは今でいう農業土木に関することである。尊徳はこれらの技術手法を、農村における青少年時代の酒匂川の堤防工事をはじめとして、小田原藩・桜町藩士時代に農村の振興に携わった過程において体得したところであって、尊徳自身も農村振興を本職と心得ていたのである。

相馬藩に関連してもう一つ述べれば、尊徳は、高慶（後に尊徳の娘・文子と結婚している）に対し「相馬藩領内には今罪人が多いかも知れないが、相馬仕法の効果が現れる頃には、感心な人が多くなるだろう」と言っており、果たして、他人を思いやる心の豊かな人が増え、牢が空になったとの記録が残っている。

相馬仕法のすばらしいところは、尊徳が言っているごとく、暮らしが楽になるだけでなく、心が豊かになることである。そして今も相馬仕法は、相馬市等の人々の心に脈々として伝えられていることである。

❖相馬市に尊徳の跡を訪ねる

私は尊徳について書くにあたり、何といっても相馬仕法が行われた相馬に行ってみることが大切だと考えて、相馬報徳会の桜井弘祐会長にお願いして案内していただいた。

最初に行ったのが、尊徳の墓である。相馬市西山の愛宕《あたご》金剛院跡にあって、林の間の石段を登りつめたところに木立に囲まれて尊徳の墓があり、慈隆（愛宕金剛院の僧で、相馬仕法に深い理解を示し、普及に努めた）の墓と並んでいる。尊徳は相馬を訪れていないが、尊徳の指導による相馬仕法は、藩主、家老、高弟、領民と藩を挙げて実施され、相馬は二宮仕法の優等生となったことから、尊徳を偲んでその遺髪の墓が建てられたのである。

なお、尊徳の本当の墓は、栃木県今市《いまいち》市にある。ついでながら、戊辰戦争後、尊徳夫人ら一家五人は、相馬藩の要請もあり、相馬に移り、禄高五〇〇石で相馬藩士に列せられたが、廃藩置県で、原町在に住んだという。相馬藩の奥ゆかしい報徳の心が、偲ばれる。

次に福島県立相馬高等学校に行った。当時の志賀校長から、同校校則および生徒心得要領の中に尊徳の教えが組み込まれていることを聞き、深く感銘を受けたが、後日、後任の佐藤忠夫校長から、それらについてファクスをいただいた。それによれば、校訓は誠実、剛健、博愛であるが、誠実についてはコメントがあり、「旧相馬中村藩の二宮仕法の根本精神である至誠（まごころ）の心情を基本にすえ誠実とした」ということである。また「生徒心得要領五項目」の最初に「生徒ハ至誠以テ己ヲ盡《つく》シ真摯以テ事ニ当ルベシ」とあった。尊徳の教えが相馬高校の生徒に、このように脈々として伝えられている。

昭和五十一年（一九七六年）三月三十一日、相馬市では市民憲章が制定され、市役所の前にその碑が建てられている。この市民憲章の二番目にも、「報徳の訓に心をはげまし　うまずたゆまず豊かな相馬をきずこう」とうたわれている。

ついで、私は相馬市を流れる宇多川の清水橋に案内していただいた。この橋は平成元年（一九八九年）一月に架け替えられたが、欄干の四つの柱に、報徳の基本原理を表す至誠、勤労、推譲、分度の言葉とその意味が書かれている。

それによれば、至誠とは、人や万物を活かし役立てることを進んでやろうとするまごころのことであるとし、勤労とは、智恵を磨き工夫をし各人の能力を発揮して結果をよくしようと努力することであるとされ、推譲とは、自分が働いて得た金や物の一部を自分の将来のため、人のため、社会のため、進んで譲ることであるとし、分度とは、現在の収入を天分と思い、その枠の中で支出の度合いを定めることであって、分度を守れば繁栄すると書かれている。

かつて相馬藩の村々は貧しかった。それを理想的な村につくりかえたのが二宮仕法であるが、その基本原理がこのようにわかりやすく刻まれたのである。この橋は尊徳の墓と相馬仕法発祥の地（同市成田と坪田）を通る間の道にある。

相馬には相馬仕法を記念した施設、例えば仕法役所跡とか御仕法造り（報徳仕法で精勤者に支給された住宅）などがあるが、その一つに報徳小公園がある。これは相馬の人々に報徳のことを理解し、実践してもらいたいとの趣旨のもとに、桜井弘佑・相馬報徳会会長が、会長就任を機として、相馬ロータリークラブとともに寄付して造られたものである。

この公園には、尊徳の教訓歌もあり、相馬仕法関係資料のある図書館もあり、照葉樹林も植えられて、尊徳の偉業を偲ぶのにふさわしいところであるが、私の驚いたのは、尊徳の回村之像である。尊徳の像は別途中村城跡赤橋のたもとにもあるが、この回村之像は、尊徳が青年時代村回りをした姿であって、身長一八五センチ、体重一〇〇キロの偉丈夫である。

尊徳の曾孫、二宮四郎氏によれば、二宮家では大豆をいろいろ工夫して食べたので（呉汁《ごじる》というもので、大豆を一晩水につけ、それをすり鉢ですりつぶすなどして、芋、大根などを入れた味噌汁）、そのような体をつくることができたのではないか、と言っておられる。

❖二宮仕法の発展

私の相馬紀行は以上のごとくであるが、尊徳と相馬市についてもう一つ述べなければならないことがある。それは小田原市の佐々木典比古・報徳博物館館長の福島県原町市における「二宮尊徳の仕法と相馬中村藩」という講演である（一円融合会発行『かいびゃく』三月号、四月号〈平成八年〉掲載）。

佐々井館長は、尊徳とその高弟の膨大で難解な資料を口語訳し、わかりやすくまとめて、報徳思想の普及に大いに貢献されている方である。例えば、尊徳の一生について、前半生は小田原領内の農民、後半生は侍であるが、侍となってからの最初の三分の二は小田原藩士、あとは幕府の御家人であると説明され、とてもわかりやすい。

相馬藩と尊徳の関係については、以下のように説明されている。日光仕法は、三年を費やして八四巻を作ったが、この実施にあたっては、幕府は金を出さなかった。やむなく尊徳が五〇〇〇両、相馬藩が相馬仕法成功のお礼として五〇〇〇両出して、一万両でスタートした。

日光仕法の要員としては尊徳の門人しかおらず、一八人の門人のうち相馬藩は一四名もおり、お手伝い人員は、冥加《みょうが》人足といって、相馬仕法成功のお礼に相馬農民が日光に行って手伝ったもので、これらにより日光仕法が成り立ったという。

また、日光仕法の役所は今市にあり、日光が戊辰戦争で陥落するというので、尊徳関係重要書類は、今市から間道を縫って馬で相馬に運ばれ、無傷で相馬に保管され、それが二宮尊徳全集となり、報徳全書になったという。

このように、報徳の教えの実施、普及、および資料保存などにおいて相馬藩の果たした役割を、佐々井氏は非常に高く評価されている。

米国ワールドウオッチング研究所のレスター・ブラウン理事長は、今後二、三十年後には、世界は構造的な食糧不足になると警告しているが、わが国の食糧自給率は先進国が一〇〇パーセントを超えているのに対して、四〇パーセントそこそこで、まことに憂うべき状態ではないかと思われる。二宮仕法の至誠、勤労、分度、推譲の四綱領が、今こそ必要な時ではなかろうか。尊徳の教えを十分に検討する必要があるのではないかと、私には思われる。

トンネル開削の偉業——鞭《べん》牛《ぎゅう》和尚

宮古市について調べていた時、鞭牛和尚の足跡がたくさんあるので、調べてみたいと思った。そこで熊坂義裕・宮古市市長にお願いして、伊藤麟市著『牧庵鞭牛の生涯』などの書籍を頂戴し、また岩手県下閉伊《しもへいい》郡新里村教育委員会の中済秀美さんと佐々木健・新里鞭牛会会長からも資料をいただいた。以下、主に『牧庵鞭牛の生涯』にもとづいて、鞭牛和尚について紹介したい。

❖難所の開削に捧げた生涯

鞭牛は、一七一〇年下閉伊郡和井内《わいない》村（現新里村）の佐々木家に生まれたといわれる。和井内村は、宮古市から西へ山を越え、約二四キロのところにある。南部藩主二十七代利直が宮古港を藩港としたことから、盛岡―宮古間の閉伊街道（宮古街道）ができたが、この街道は狭いうえに高低が甚だしいため、荷馬車の運送が容易ではなく、飢饉や洪水の時には悲惨を極めた。

ところで鞭牛和尚の父母、祖母については知られているが、兄弟については定かではない。鞭牛は七歳の時、和井内村宝鏡院の老師、大江一舟について読み書きを習ったとの言い伝えがあり、長じて牛を使って荷物を運搬する牛方になったともいわれる。ちなみに、祖母はこの間に亡くなっている。

母が亡くなった二十二歳の時、栗林村（現釜石市）の常楽寺にて出家し、三十三歳の時、約四〇キロ離れた東長寺（現種市町）の住職となった。この年に父が死去している。三十八歳の時栗林村の隣村、橋野村（現釜石市）林宗寺の六世住職となった。鞭牛は住職として仏道に励む傍ら、農民の救済には道路開削が重要だとし、最初に鉄槌を振るったのが四十一歳の時であった。すなわち林宗寺から大槌までの小枝街道を自ら開削したのである。翌年、花輪村（宮古市）の山上で道路開削に生涯を捧げる悲願を立てた後、花輪村北川目に念仏供養塔を建てている。

宝暦五年（一七五五年）五月十日、鞭牛は道路開削に専念するため、住職を弟子の得水に譲って隠居し、牧庵と号して、近くに隠居所を構えた。この年、南部藩は大凶作で大勢の人々が飢饉で死んでいった。鞭牛は救い得る者をも救い得ないのは、道路がないせいであるとして、開削の決意をさらに固めた。

この決意の結晶が、宝暦六年（一七五六年）、鞭牛四十七歳の時の「忘想歌千首」である。この歌集は過去現在に捧げた報恩の記録であり、自らを反省する瞑想の書であり、父母への限りない思慕の書であるといわれる。八角良温著『塵袋《ちりぶくろ》』によれば、鞭牛の日ごろの言葉として「経を説き悟道を示して衆生を仏門に入れるのは……僧として専ら勤むべき道であるが、愚僧の及ぶ所ではない。そうかといって唯朽ち果てるのも空しいので、道路開削をして多くの旅客の助けとしたい」と述べている。

この年の春、鞭牛は五度目の花輪行きをし、ここを拠点として、盛岡と宮古をつなぐ道路を開くことを決意した。そこでまず花輪の長沢南川目に岩窟を掘り、住みかとし、宝暦八年（一七五八年）、四十九歳の時、十三仏の霊場を二年がかりで完成した。この霊場はうち続く凶作のため飢餓で倒れた人々の冥福を祈るとともに、飢餓から民衆を救うための精神道場であったといわれる。しかしこのように重視した花輪であったが、宝暦九年（一七五九年）、五十歳の時、伝説によれば色香に迷ったといわれ、以後花輪村の土を踏むことはなく、再び閉伊川筋の難所開削を進めることになった。

閉伊川筋の難所開削に関しては、ここでは二つのことを紹介するにとどめたい。

一つは、開削の終わるつどに供養碑が建てられたことである。この供養碑は、その開削が何百人もの汗の結晶であったことを記念するものであるが、道路が開かれるまでに犠牲になった幾多の通行人の死に対する供養の意味も込められているということである。もう一つは、宝暦十二年（一七六二年）、五十三歳の時、大沢村（現山田町）に建てられた六角塔の碑にまつわることである。この六角形をした碑の、六つの面には、次のように刻まれている。

一、道路普請供養塔
二、普請悪難所百八ヶ所
三、和井内村薬水湯開起
四、人足六万九千三百八十四人
五、宝暦元年より同十二年まで

六、願主林宗六世牧庵鞭牛大和尚

これは道路普請の供養塔で、道路開削の悲願をして以来一二年間の成果を示している。

その後鞭牛は三陸沿岸道路の開削をするのであるが、明和四年（一七六七年）、鞭牛五十七歳の時、道路改修の功績が認められ、南部藩三十五世利正により終身年金を受けた。鞭牛の道路開削は三〇年間で約四〇〇〇キロといわれる。これに関連して岩手県和賀郡と秋田県鹿角郡を結ぶいわゆる「平和街道」および岩手県雫石―沢内間の「雫石街道」の開削についても鞭牛説があるが、ここではその点は申し添えるにとどめたい。

鞭牛最後のつるはしは、七十二歳の時である。七十五歳の老師匠・大到見牛和尚と天明元年（一七八一年）、寒風吹きすさぶ三陸沿岸吉里吉里《きりきり》（現大槌町）で、道路開削に挑んだ。見牛和尚は工事終了後三カ月目に絶命し、鞭牛和尚もその翌年の九月、座禅往生を遂げている。

この模様について橋野村に伝わる伝説によれば、鞭牛の隠居屋敷にある「座禅石牧庵牛」の石の前に穴が掘られ、真新しい法衣に身を包んで読経していた鞭牛は、運ばれてきた白木の棺に入る前に村人たちに最後の挨拶をした後、土がかけられ、棺桶の上部に息抜きの竹筒が据えられ、「読経の声が途絶えたとき、回向《えこう》してくだされ」と言い残した。鞭牛の読経はその後一週間目に絶えたという。

❖「青の洞門」との共通点

鞭牛和尚について調べている間中、私の脳裏を離れないものがあった。それは、小学校の時に習った「青の洞門《どうもん》」のことである。もう七十有余年も前になるので、すっかり忘れてしまっているのだが、おぼろげに残っている記憶では、ある僧が本耶《ほんや》馬渓《ばけい》の川の上流の絶壁を、長年かけてくり抜き、トンネルを掘ったという話である。

後年、この「青の洞門」にもとづいて、菊池寛が「恩讐の彼方に」を書いたと知った。その時は、どうして「恩讐の彼方に」という題なのであろうかと、不思議に思った程度で、疑問はそのままになっていた。

今回、鞭牛和尚について調べながら、私はあの「青の洞門」が思い出され、重ね合わせて見ていた。ちょうどそんな折、『河北新報』朝刊のコラム「河北春秋」が、菊池寛が「青の洞門」をもとに「恩讐の彼方に」を書いたことをとりあげていたので、私も「恩讐の彼方に」を読んでみた。「河北春秋」にもとづきながら、以下、「青の洞門」について、述べてみたい。

大分県本耶馬渓町の山国川上流に、大絶壁の難所があり、転落死する者が数知れずあった。遊行の僧が、命を落とす人馬を見て、村人のために安全な道を造ることを決意し、隧道を掘り始めた。名所・青洞門《あおのどうもん》のいわれである。

この実話をもとに、菊池寛は、小説「恩讐の彼方に」を執筆した。小説では、僧は了海といい、かつて主殺しの大罪を犯し、その罪滅ぼしのため、トンネル掘削という難行をみずからに課し、ひとり槌とノミを振るい続ける。一九年間掘り続け、貫通も間近という時に、かつて殺《あや》めた主の遺児・実之助が、敵討ちに現れる。了海は進んで討たれようとするが、村人たちが実之助に、トンネルが完成するまで、敵討ちは待ってほしいと懇願する。

本懐の日を早く迎えたい実之助は、仇・了海のかたわらで、ともにノミを振るうようになる。掘削開始から二一年目の夜、遂に岩盤の向こうから月明かりが漏れ、トンネルは貫徹する。「いざ、お斬りなされい」と言う了海を前に、実之助は、涙にむせぶ。艱難辛苦《かんなんしんく》を超えてトンネルを掘り続けてきた老僧を、実之助は討てなかった。最後に、二人は手を取り合い、涙を流しあうという、感激の物語である。

鞭牛和尚の偉業は仇討ちとは無関係である。しかし、共通するのは、安全な暮らしを願う民衆の悲願と、そのために身を捨てた偉人の姿である。それが感じられるからこそ、私たちは、今なお、この偉業に心打たれるのではないだろうか。

鞭牛和尚については、これまで地元において、多くの方々が調べておられ、今も地元の人々から、和尚が感謝されていることが、よくわかる。こうした鞭牛和尚の偉業が、中央にまで及び、検討される日が来ることを、願ってやまない。

武士の生き様、八十里越——河井継之助《かわいつぐのすけ》

最近、私はよく年を聞かれるようになった。

これまではさほどでもなかったが、八十の声を聞いてからは、何となく疎ましくなってきた。

そこで、「頭の体操」をしてみたところ、英語で言えば抵抗が少ない感じがした。そこで八十歳の時には「エイティー」と言ってみた。次の年はどうしたかというと、「八十一《ハイ》」である。次は「八十二《ハニー》」と言ってみた。今年は八十三歳、「八十三《ハミング》」である。来年はどうか。これは鬼に笑われるから、言うまい。

ところで新潟県を含む東北地方に名前に八十がつくところがあるだろうか。地図で調べてみたところ、新潟県と福島県の境に八十里越《はちじゅうりごえ》があった。興味を感じたが、それ以上は調べることができず、そのままになっていた。

そんな折、『読売新聞』の歌壇に新潟県白根市の名古屋庄一さんという方の短歌が、入選歌として掲載されているのを見つけた。

難所故　八里を八十里越と呼ぶ
　　会津へと祖の　落ちましし道

ぶしつけとは思ったが、直接お電話を差し上げ、おうかがいを立てた。名古屋さんは、この短歌は、河井継之助らが八十里越えをして会津に入ったことを詠んだものです、とおっしゃり、八十里越にまつわる詳細は、新潟県下田村《しただむら》観光課に聞いては、と大変親切に教えてくださった。

私は、下田村企画課長・飯塚元允さんにお願いして資料をいただき、飯塚課長を通じて稲川明雄・長岡博物館長を紹介していただいた。館長からは司馬遼太郎著『峠』（新潮出版）を教えてもらい、また福島県只見町《ただみまち》観光まちづくり協会の渡部さんからたくさんの資料を頂戴した。これらの資料によって、八十里越について多くのことがわかってきた。

只見町の『八十里越踏破徹底ガイドマップ』（希望と歴史の道八十里越を歩く会）によれば、八十里越は、福島県只見町と新潟県下田村を結ぶ八里（三二キロメートル）の山道だが、あまりに道が険しく、一里が一〇里にも思えるところから、八十里越の名が起こった、といわれているという。明治三十四年（一九〇一年）の記録では、春から秋までに一万八五〇〇人の往来があり、旅人、商人等が通り、会津からは、ゼンマイ、生糸等、越後からは、塩、塩干魚、金物、くし等が交易された。だが、大正時代に入って磐越西線（郡山―新潟）が全通すると、交通の流れが変わり、この道は次第に使われなくなった。

一八六八年の戊辰戦争時に、長岡藩士とその一族郎党数千名が、会津若松に落ち延びる際、この峠越えをしており、長岡藩の軍事総監督として、河井継之助も八月四日から五日に、この峠を越えている。

司馬遼太郎著『峠』によれば、戦費調達で官軍と長岡藩家老・河井継之助が談判したが、折り合わず、北越戦争となり、一時長岡藩は勝つが、結局敗北する。不幸にして継之助は、官軍の鉄砲玉に当たって負傷し、心ならずも会津へと退却していく。そして、「八十里越」をしてさらに進むが、足がほとんど腐り、息も苦しくなり、八月十二日、塩沢村（現只見町）で動きがとれなくなる。身の回りの世話をしていた松蔵に、

「火を起こしてくれ。追ってくる官軍に俺の死骸を渡すな。死んだらすぐ焼いてくれ」

と言って、燃えさかる火を見つめて、八月十九日、河井継之助は、この地で死んでいったという。

司馬遼太郎は継之助を、いかに美しく生きるかという武士道倫理の完成である、と褒めている。なお、只見町には河井継之助記念館があり、継之助終焉の間はここに移され、また近くの医王寺に、松蔵が荼毘《だび》に付した継之助の遺灰を納めた墓があり、毎年八月十六日には継之助墓前祭が行われる。美しい話である。

歴史を見つめる十三峠

山形県小国町には、町境に越後街道（十三峠）が通っている。「十三峠」とは、街道上の一三の峠（難所）を指す。渡部眞治著『蘇る敷石道』（小国町文化財研究会）を参考にして、十三峠について述べてみたい。

越後街道は、大永年間（一五二一～一五二八年）に戦国大名・伊達稙宗《たねむね》が羽越国境の大《お》里《り》峠を開いたことが、その始まりとされる（国分威胤著『米沢里人談』）。その後この東側の黒沢峠、桜峠などが整備され、西側の榎峠なども合わせて、いわゆる「十三峠」が成立したといわれる。ここで十三峠を挙げておくと、新潟県から山形県に向かって、順に①鷹ノ巣峠、②榎峠（以上新潟県）、③大里峠（新潟県と山形県の県境）、④萱野峠、⑤朴ノ木峠、⑥高鼻峠、⑦貝之淵峠、⑧黒沢峠、⑨桜峠、⑩才の頭峠、⑪大久保峠、⑫宇津峠（山形県小国町と飯豊町《いいでまち》との町境）、⑬諏訪峠（飯豊町）、の一三である。

その後一五九八年、上杉景勝の時代となり、越後街道にも宿駅を立てた。白子沢《しらこざわ》、市野々《いちのの》、小国、玉川など八カ所に宿場を置き、問屋が置かれ、宿駅全部を取り締まった。この街道は大部分が敷石道であるが、名君の誉れ高い上杉第十二代藩主・斉定《なりさだ》は、幕府の巡見使が視察に来るとの通達を受けて決意し、問屋の豪商らと組み、越後街道の大改修を行なった。

明治十七年(一八八四年)、三島通庸《みちつね》が小国新道を開き、荷車や馬車が往来できるようになると、越後街道は忘れ去られる運命となった。しかし、越後街道は、忘れられるには惜しい、歴史的遺産と思われるので、かつてこの街道を通過した人々に、当時の様子を語ってもらうこととしたい。

一七八八年、幕府の巡見使一行が米沢藩を訪れた際、巡見使に随行した古川古松軒《ふるかわこしょうけん》は、その著『東遊雑記』(平凡社版)において、「宇津峠という上下二里の坂あり。所々に膽《きも》をひやす難所である。……されども米、薪、材木の類いは甚だ沢山にて……白子駅出立。四里半小国町。この間に櫻峠、黒沢峠とて嶮難の坂あり。……山の谷々に広き村など見えて田地多く稲作みごとなり。……この辺の山やま土色白くして遠見雪の如し」とある。小国の白い森構想の白は、ここにも求めることができるのではないだろうか。

古松軒が越後街道を通ってから、約八〇年後の一八六八年に、戊辰戦争が起こり、十三峠は米沢藩と西軍との間の戦場となった。

それから一〇年後、英国生まれの旅行家イサベラ・バードは、新潟から十三峠を通っている。その著『日本奥地紀行』(平凡社版)において、この地について、以下のように描かれている。

「彼らは家族のためにパンを得ようとまじめに人生を生きている。……物凄く大きな荷物を男女とも運ぶ姿はこの地方の特色となっている。……この市野々は素敵で勤勉な部落である」

さらに続けて

「家の女達は私が暑くて困っているのを見て扇子を持って来てまる一時間もあおいでくれた。料金をたずねるといらないといい、受けとらなかった。……私は日本を思い出す限り彼等を忘れる事はないだろうと彼等に告げて去ったが、彼等の親切には心をひどく打たれる」

とある。

十三峠の人々は、なんと勤勉で親切ではなかろうか。私はこれを文化と考えるが、この文化はどこから来るものであろうか。ブナの森からか、雪からか、はたまた上杉鷹山《ようざん》の教えからであろうか。いずれにしてもこの文化は小国町の白い森の構想を支えてくれるであろう。

越後街道は平成八年（一九九六年）文化庁の「歴史の道百選」に選定されている。また地元有志らにより、黒沢峠祭も行われている。私はこの運動の輪が広がり、十三峠のほかの一二峠にも及び、さらには十三峠めぐりといったことも考えられるのではないかと思っている。

忘れられた日本人――宮本常一《みやもとつねいち》

『トランヴェール』（東日本旅客鉄道株式会社発行）二〇〇二年五月号特集に、「彷徨する旅人　宮本常一」という記事があった。見れば、東北にもたびたび足を運んでいるという。そこで調べてみようと思った。

私はこれまで宮本常一については、二つの記憶があるだけである。

一つは、ＮＨＫ編『ＮＨＫ文化講演会Ｉ』で、宮本常一が、「生涯と伝統」というテーマで、生涯を旅に暮らした菅江真澄をとりあげていたことである。宮本はその中で、真澄の日記には、津軽の人たちは時代遅れだなどとは、どこにも書かれていないし、津軽の人たちも「こんな辺鄙なところに来ていただいて」などとは、全然言っておらず、まったく対等の関係であったとして、現代の津軽の人々に、勇気を与えてくれた。

今一つは『菅江真澄遊覧記』が内田武志、宮本常一編として、平凡社から出版されており、私は内田武志は菅江真澄の偉業を世に紹介したすばらしい人と思っており、その内田と共編著として名を連ねている宮本常一もまた、すばらしい人ではないかと思っていたことである。

ところで、この『トランヴェール』では、ノンフィクション作家・佐野眞一氏による宮本常一の見た東日本の風景をたどっての紹介記事から始まり、羽根登氏、芳賀日出男氏、田村善次郎氏らもそのことについて述べている。この記事から佐野眞一氏の名著『旅する巨人』（文藝春秋）を知ったので、同書を中心に、宮本常一について、ここで紹介してみたい。

❖状況を見つめる確かな観察眼

宮本常一は明治四十年（一九〇七年）、瀬戸内海の周防大島《すおうおおしま》（山口県）の農家に生まれ、尋常小学校高等科を卒業後、農家を手伝って一年間島にとどまったが、伯父の勧めにより大阪に出ることになった。父・善十郎は宮本が島を出るとき一〇カ条の人生訓を与えている。その一つは、こうである。

汽車に乗ったら窓から外をよく見よ。田や畑に何が植えられているか、育ちが良いか悪いか、村の家が大きいか小さいか、瓦屋根か草葺《ぶ》きか、よく見よ。駅へ着いたら人の乗り降りに注意し、どういう服装をしているかに気をつけよ。駅の荷置き場にどういう荷が置かれているかを見よ。そういうことで、その土地が富んでいるか貧しいか、よく働くところかどうかよくわかる。

また、こうもある。村でも町でも、新しくたずねていったところでは、必ず高いところへ登って、見よ。そして方向を知り、目立つものを見よ。

このような一〇カ条なのである。

母マチは、無学であったが、子守奉公の時見よう見まねで文字を覚え、子どもたちが成長してからは欠かさず日記を書き続けたという。さらにさかのぼれば、祖父母の教え、島の教えもあって、宮本が民俗学に進む素地は、このようなところからも生じていたのではないかと、思われる。

大阪に出た宮本は、郵便局員を経て、昭和四年（一九二九年）天王寺師範専攻科を卒業して小学校教員となり、民俗学にのめりこみ始める。昭和五年（一九三〇年）肺結核を患い、郷里で長期療養し、その後回復して再び教師の道を歩むこととなり、雑誌への投稿がきっかけで昭和九年（一九三四年）に柳田国男、翌十年（一九三五年）には渋沢敬三と、二人の民俗学の権威に出会う機会を得て、民俗学者としてのレールが敷かれた。

特に、「日本資本主義の父」と言われる渋沢栄一の孫である敬三が、宮本を見込んだので、昭和十六年（一九四一年）に、渋沢主催の「アチック・ミューゼアム」（後の日本常民文化研究所）に、宮本は入所することになった（ちなみに内田武志もここに入っていた）。爾来、宮本は敬三により、物心両面から研究生活を支えられた。ある時、敬三は宮本に次のように話している。

「大事なことは主流にならぬことだ。傍流でよく状況を見ていくことだ。舞台で主役を務めていると、多くのものを見落としてしまう。その見落とされたものの中にこそ大切なものがある。それを見つけていくことだ。人の喜びを自分も本当に喜べるようになることだ。人が優れた仕事をしているとケチをつける者も多いが、そういうことはどんな場合にも慎まねばならぬ。また人の邪魔をしてはいけない。自分がその場で必要を認められないときは、黙って、しかも人の気にならないようにそここにいることだ」

なんとすばらしい処世訓ではないだろうか。宮本はこの言葉を胸にして西日本を中心にして歩き、聞き書きをし、本を読み、講演し、本を著している。

❖再評価が待たれる宮本の業績

佐野眞一氏によれば、宮本は七十三歳で周防大島で生涯を終えるまで、地球をちょうど四周する距離、一六万キロを歩き、泊まった民家は一〇〇〇軒以上にも及び、四〇〇〇日を旅路で過ごしたという。宮本が一度ならず二度までも不治の病といわれる結核にかかっていることを考えれば、ただただ驚嘆するばかりである。

訪れた先々で人々の暮らしぶりを聞き、豊富な知識を披露し、人々に誇りと勇気を与えたことは、すばらしいことである。これらを戦前、戦中、戦後にかけて記録し続け、その記録は平成八年（一九九六年）現在で四三巻に達しており、おそらくは一〇〇巻を越すだろうといわれている。

これらの中で私の注意を引いたのは、未来社から出版されている『菅江真澄』

（旅人たちの歴史 2）や『古川古松軒／イザベラ・バード』（旅人たちの歴史 3）であったが、特に私の関心を引いたのは、『野田泉光院』（旅人たちの歴史 1）である。

この本では江戸時代の旅人たちとして、芭蕉、菅江真澄などを挙げ、特に宮崎県佐土原の山伏・野田泉光院《せんこういん》の『日本九峯修行日記』について、日本の九つの峰を回向して歩き、当時の最下層の人々の生活を記録した大変すばらしい本であるとして、取り上げている。

ただこの本の中で私にはとても不思議に思われることがある。例えば、芭蕉の『奥の細道』には、曾良《そら》の随行日記と比べて嘘の部分があるとか、菅江真澄の欠点は批判が書かれていないことであるとか、日記の最後のほうで真澄は考証ばかりに走って、面白くない、などの批判である。

それはともかくとして、私は宮本の本は数冊しか読んでいないので、前述の佐野眞一氏の『旅する巨人』によって本稿の結びとしたい。宮本常一は、柳田国男以降おそらく最大といっていいほどの業績を挙げていながら、わが国の民俗学徒の間では、皮肉にも彼の代表的な著作と同じく「忘れられた日本人」同然の立場に置かれたという。

民俗学以外の分野の人々の中には評価する人もあり、例えば司馬遼太郎は、「日本の本当の学問は今西錦司《いまにしきんじ》さんと宮本常一さんの二人しかあらへんのや」と言い、また岩波の雑誌『図書』に掲載された「岩波文庫　私の三冊」というアンケートの中でも、宮本の『忘れられた日本人』を挙げているということである。

また、宮本は農業だけでなく林業、塩業、さらに交通史、食文化など、民俗学から歴史にまで手を伸ばしている。この人並はずれた学問への好奇心が宮本の精度を著しく弱め、専門家への深化と体系化を拒んだことは否めなかったとし、また宮本の記述には、忙しさのせいか、確認すれば未然に防げる単純なミスの多いことも事実だと、佐野氏は指摘しておられる。

昭和の菅江真澄ともいわれる宮本の真価は、膨大な宮本の記録の出版を待って、定まっていくのではないかと、私には思われる。

東北・歌枕の旅——正岡子規

二〇〇二年一月十一日に、この年の野球殿堂入りが発表され、従来に加えて新たに設けられた新世紀特別枠で、俳人・正岡子規が選ばれた。子規が第一高等中学校（旧制一高の前身）時代、野球に熱中し、バットとボールを故郷松山に持ち帰り、野球の指導とともに野球を題材にした俳句や短歌を発表し、野球をPRした功績が認められたものである。

私は子規が東北と関係があれば書きたいと思った。その矢先、秋田県六郷町公民館から『六郷物語』（六郷小学校発行）をいただき、その中で子規が六郷に来ていること、それが子規の「はて知らずの記」に書かれていることを知り、『子規全集』第一三巻（講談社）所収の「はて知らずの記」と、久保田正文著『正岡子規』（人物叢書、吉川弘文館）を調べてみた。以下、これらによって述べてみたい。

子規は明治二十三年（一八九〇年）に第一高等中学校を卒業し、同年文科大学（東京大学の前身）に入学し、二十五年（一八九二年）中途退学をしている。翌二十六年（一八九三年）日本新聞社に入社したが、同年血痰があって、医者に診てもらってい る。このような状況の中で、芭蕉の足跡を訪ね、旧派俳人・三森幹夫の紹介で地方俳諧師の訪問を兼ね奥州旅行に出かけ、この年の七月十九日、上野駅を発った。

「はて知らずの記」序文には、「松島や象潟《きさかた》にいつかと思い乍《なが》ら、病める身の行脚道中は不安で徒《いたずら》に月日が過ぎたが、今年明治二十六年夏の始頃急に思い立った。先《ま》ず松島と志し乍ら、何処に行こうか自ら知らぬ行末を楽しみに、はて知らずの日記をつくる気楽さで出かけることにした」とある。

宇都宮、白河、本宮《もとみや》、福島、桑折《こおり》、岩沼、増田を経て仙台着は七月二十七日。途中で下車し、例えば岩沼駅から地図を頼りに四キロメートルあまり歩き、西行、芭蕉も詣でた実方中将の墓（万葉歌人で「源氏物語」の主人公・光源氏の実像といわれる実方中将は、道祖神の前で落馬して重傷を負い、九九八年に名取の地で没した）に参り、帰途も増田駅まで四キロメートルの道を歩いている。

仙台から塩釜まで汽車で行き、塩釜神社に詣で、小舟を雇って松島めぐりをし、瑞厳寺に詣で、多賀城の壺《つぼ》の碑《いしぶみ》を見て、仙台に帰っている。仙台からは徒歩で奥羽山脈を越え、作並《さくなみ》、天童、東根、楯岡、大石田とたどり、そこから最上川の舟下りで酒田に至る。酒田からは徒歩で旅し、「象潟は昔の姿にあらず」と素通りし、本荘、秋田、八郎潟と進む。ここから折り返して、秋田、神宮寺、大曲を経て六郷に至った。

六郷からは岩手への新道を通り、山高く谷深き道を宵月を頼りに湯田温泉に至り、和賀川沿いに歩いて黒沢尻（今の北上市）に着き、ここに二泊した後、汽車で水沢に行き、一時下車し、夜行列車で帰路につき、正午に上野に帰り着いた。こうして三〇日の旅行を無事に終えたのである。

子規は、こう書いている。人生はもとより果て知らずであるが、その中で「はて知らずの記」を書いて、その果てを告げた。そして、「はて知らずの記」はこれで終わったが、誰がわが旅の果てを知ろうか、と結んでいる。

秋風や　旅の浮世の　はてしらず

子規はこの奥州旅行の大部分を歩いており、ときには路傍の社殿を借りて野宿している。三〇日の旅を無事終えてはいるものの、旅の出発の五カ月前にも、喀血しており病身であったことを考えると、その精神力の強さに私は驚嘆せざるを得ない。また、疲労と体調不良にもかかわらず俳句一〇〇首あまりと、短歌を何首かものしてもいる。これらは、子規が東北に残した貴重な財産ではなかろうか。

その人の　足あとふめば　風薫る　　　（子規）

世界と結び合う東北

「青い目の人形」と日米関係の歴史

❖海を越えた人形たちの物語

『六郷物語』(六郷小学校発行)によって、アメリカから青い目の人形が日本に贈られ、秋田県六郷小学校にも来ていることを知り、私は、六郷小学校の藤井章校長先生に電話でおうかがいをたてた。これに対して校長先生からさっそく、『青い目の人形メリーちゃん』(武田英子・文、落合稜子・画、小学館)の抜粋を含め、貴重な資料をたくさんいただいた。以下、これらの資料を中心にして述べたい。

一九二〇年代、米国において、日本人排斥運動が起こった。これを心配したシドニー・ギューリック博士(宣教師として在日二〇年余。一九一三年帰国)は、米国から日本に人形を贈ることを通じて、日本の子どもたちと心の交流をはかり、これを平和の架け橋にしようと思い、氏の敬愛する日本側財界の大立者・渋沢栄一に相談し、渋沢が中心となり、文部省も協力することになった。そこで同博士が米国全土に呼びかけたところ、全米から二六〇万人が協力して、一万二七三九体の人形が集まり、ニューヨークおよびサンフランシスコの港を発ち、昭和二年（一九二七年）三月十四日、人形を運んできた郵船サイベリア丸は、横浜港に到着した。中央での歓迎行事を経て各県に配布され、秋田県は一九〇体で、そのうちの一体が六郷小学校に来て「メリーちゃん」と呼ばれた。

『青い目の人形メリーちゃん』によれば、人形には「パティーちゃん」「ジェネラちゃん」「バージニアちゃん」など、いろいろな名前がつけられていたとあるが、群馬県利根郡東《あずま》小学校の場合は、「メリーちゃん」であった。メリーちゃんは、寝かせると、その青い目をつむり、抱き起こすと「ママー」と声を出して、ぱっちりと目を開く、可愛い人形であった。

これに対して、昭和二年十一月日本の子どもたちの心を込めたお礼として「答礼人形」がアメリカへ旅立った。これは各地の児童から一銭ずつを集め、人形師たちが腕をふるって作った振り袖姿の人形で、一体が三五〇円（当時学校の先生の給与は四〇円だったといわれる）の最高級の人形五八体（各県から一体ずつと、そのほかをあわせて）が米国各地を回り、大歓迎を受け、答礼人形たちは米国各州の美術館や博物館に納められた。

ところが昭和十六年（一九四一年）十二月八日、日本は米国と戦うこととなり、青い目の人形は敵性人形としてほとんど処分された。しかし、少数の心ある人々は、人形をかわいがっていたので、処分するに忍びず、物置や戸棚の奥に隠したため、助かった人形もあった。日本に現存する青い目の人形は三〇六体だが、そのうちの一体が六郷小学校のメリーちゃんである。なお日本からの答礼人形は米国で四四体、健在である。

ここで六郷小学校のメリーちゃんについて、同校沿革史「昭和二年」によれば、「米国ノ日米親善会発起ニカカル寄贈人形ノ歓迎会ヲ五月二十八日ニ開催ス　体操場ニ雛壇ヲ設ケ児童愛蔵ノ人形ト共ニ之ヲ陳列シ　唱歌舞踊　話方等ノ演奏ヲナシテ日米親善ノ意ヲ表ス」とある。私はこれを読んで、この沿革史の簡にして要を得た記述は、当時の模様を思い浮かべるのに十分であり、かつ今日にまで伝えられていることに、深く感動した。

昭和六十三年（一九八八年）六月二十日付『秋田魁新報』紙によれば、六月一日、低学年の児童を対象に人形まつり「メリーちゃんと遊ぼう」が開かれ、当時の歓迎会の模様を再現したという。「メリーちゃんは、適性人形として処分の命令が出たが、可哀想に思い、校長先生が宿直室の棚の一番奥にこっそりと隠していた。これからも仲良くしてあげてください」と結ばれたそうである。私はこの話を聞いて、当時の校長先生の毅然たる態度はまことに立派と思ったが、同時にさすが清水と森の里といわれる六郷、との思いを深くした。なお、メリーちゃんは現在も六郷小学校の「歴史の間」に飾られている。

以上が、青い目の人形に関する壮大なロマンのストーリーであるが、このストーリーの大部分は昭和二年（一九二七年）に行われた。昭和二年といえば私の小学校一年の年であり、私はこの頃、童謡「青い目の人形」（大正十年、野口雨情作。奇しくも私の生まれた年である）を盛んに歌っていた。そしてどうしてか横浜ということを思い出すにつけ、この両者の間には関係があるのではないかと思い、調べてみたが、両者の関係について触れたものはなかった。

ここでこの童謡についてさらに述べると、この童謡は大正十年（一九二一年）に世に出て以来、全国で広く愛唱された。現に昭和二年、アメリカから青い目の人形が送られ、日本の各小学校で歓迎会を行なった際、どの歓迎会でも歌われており、それ以後も、全国の子女の愛唱歌になっている。

作詞・野口雨情／作曲・本居長世

青い目の人形

青い目をした　お人形は
　アメリカ生まれの　セルロイド
日本のみなとへ　ついたとき
　いっぱい涙を　うかべてた
わたしは言葉が　わからない
　迷子になったら　なんとしよう
優しい日本の　じょうちゃんよ
　仲よく遊んで　やっとくれ
仲よく遊んで　やっとくれ

❖童謡「青い目の人形」との関係

童謡「青い目の人形」と米国から贈られてきた「青い目の人形」との間に関係があるように思いつつ、その資料が見つけられずにいたが、その後、東北電力広報・地域交流部部長の阿刀田博明さんから、たくさんの資料をもらった。それらの中に、金子義則さんの一九九八年二月二十四日付の電子メール「童謡『青い目の人形』」があり、「その3」によれば、本居長世の談として

「大正十二年の大震災後米国民の我々に寄せた同情に報いるため、藝能答礼使節として、私が私の子供のみどり、貴美子その他の人々を伴い彼《か》の国に赴いた時に、彼《かの》地で(童謡を歌い)、最も喜ばれたのはこの曲でした。これは歌詞がアメリカ生まれのセルロイド人形を主題にしてある関係もありましたろう。ブルー　アイド　ダルと訳されて各地で割れる様なアンコールを常に繰返したものでした」

とあった。これは私の調査の一歩前進にはなるが、まだ童謡と米国から贈られた青い目の人形との間には、距離がある。

そこで私は今度は野口雨情サイドから調べようと思い、野口雨情生誕一二〇年記念が、故郷の茨城県北茨城市で行われるとの新聞記事を見つけて、北茨城市の野口雨情記念館を探し出し、館長さんにおうかがいしたところ、両者の関係を示す資料はないとのことであった。

しかしありがたいことに、作曲者・本居長世《もとおりながよ》の三女、本居若葉さんを紹介していただいたので、さっそく電話でおうかがいしたところ、二人のお姉さん（みどりさん、貴美子さん）の話も出て、前述の電子メールのごとくであると確認できた。

新しい事実としては関東大震災があった年の十二月に訪米したこと、本居長世は本居宣長の子孫であることで、詳細は三重県松阪市の長世メモリアル・ハイツ（松浦良代館長）に聞いてほしい、とのことであった。そこで松浦館長におうかがいしたが、前述の情報の域を出なかった。

そこで米国側のシドニー・ギューリック博士について調べることにした。「ＹＡＨＯＯ！　キッズ」に登録されているサイト「青い目の人形」によれば、宣教師のギューリック博士は

「人形を通して日米の親善をはかろうと考えました。日本にはひな祭りという習慣

があるので、アメリカから人形を贈って一緒に楽しんでもらおうという計画でした」とある。

ここでは、ギューリック博士が人形を贈った意図はわかるが、何故に青い目の人形としたかについては答えられていない。そこで私はさらにいろいろと探し、その結果、『歴史への招待』（日本放送出版協会）の「青い目をした人形大使――知られざる移民哀史――」（山田太一執筆）を見つけた。その中で渋沢栄一の子息で評論家の渋沢秀雄は、一九二六年四月二十五日、ニューヨークのシドニー・ギューリック博士から、渋沢栄一のもとに届いた一通の手紙について述べている。

「日米両国親善のため、一つの計画を提案したい。私が以前より考えていたその計画とは、人形政策ともいうべきものである」とし、博士に人形政策を思いつかせたのは、当時日本でよく歌われていた「青い目の人形」であったという。

これで私の調査も終わりである。この青い目の人形の壮大なストーリーは、当時はもちろんのこと、今後も、日本に現存する三〇六体の青い目の人形とアメリカの四四体の振り袖人形とともに、日米の深い絆の一翼を担っていくであろう。

❖日米親善の歴史

日米親善の絆としての青い目の人形について述べたが、日米親善ということでは、先輩がある。桜と花水木《はなみずき》の日米交換である。

まず花水木である。ミズキ科の落葉高木で、四月の末から五月ともなれば、美しい可憐な花を咲かせてくれる。菱山忠三郎著『花木ウォッチング100』(講談社)によれば、一九一二年、尾崎行雄東京市長が、米国に桜の苗木を寄贈し、その返礼として一九一五年に東京市に花水木の白花種の苗木が三〇本贈られてきた。アメリカでは人気が高く、バージニア州やノースカロライナ州では州花になっている。

私は花水木というと木の名前としては何か変な感じがするので、特に注意して調べた。英語では「ドッグウッド」というそうである。この本によれば、樹皮を煎じた汁が犬の皮膚病の治療に使われることに由来する名前だという。

ところで日本から贈った桜は、ワシントンのポトマック河畔で桜の名所となっているが、日本に贈られてきた花水木のその後については、はっきりしていなかった。

第二次世界大戦後、連合軍総司令官として日本に来たマッカーサー元帥は、バージニア州出身であったため、花水木を特に好み、都心のアメリカ大使館はじめ各所に植えたことが、東京の周辺に普及する一因になったのかも知れないという。

時は流れて五五年余、最近の新聞の報じるところによれば、花水木は街路樹としては、何年か前には七番目に多い木であったが、今では銀杏についで二番目に多くなっているという。花水木は今や名実ともに日米親善の花木ということができよう。ちなみに東北地方整備局に問い合わせたところ、街路樹としての花水木は、福島県での二〇パーセント程度を除くと、あとは山形県の三パーセントが最高だという。

❖宮城県の青い目の人形たち

ところで、青い目の人形は、宮城県にも贈られてきたはずである。調べてみようと思い、仙台の図書館に行ってみた。そこで私は、齋藤俊子「実践記録・小学校六年　戦前・戦中・戦後を通して見た青い目の人形」(『歴史地理教育』歴史教育者協議会、一九九九年十二月号)を見つけた。それによれば、宮城県に配布された青い目の人形で現存しているのは六体であること、そして全国ベースで多いのは、北海道一九、群馬一八、長野一四、岩手・福島一二、少ないのは、福井・沖縄・鹿児島〇、佐賀・和歌山・香川・富山、各一体であるという。

さらに調べていくと、仙台市歴史民族資料館が二〇〇二年三月に発行した調査報告書第二〇号『足元から見る民俗』(一〇)が見つかった。これによれば、青い目の人形歓迎会は一九二七年四月九日に行われたこと、宮城県に届いた二二一体の配布先は、小学校一九五、幼稚園一三、育児託児所一〇、師範附属二、その他一、ということであった。

現存する九体(うち三体は最近、「青い目の人形を調査する会」が発見した)は、村田第四小学校、三本木小学校、広渕保育所、桃生小学校、東和町米谷小学校、中田町上沼小学校、丸森町耕野小学校、丸森町金山図書館、鳴子町川渡小学校に所蔵されている。一九九七年頃からみやぎ生協平和活動委や二〇〇一年七月設立の「みやぎ青い目の人形を調査する会」(齋藤俊子会長)の活動を通じて、青い目の人形の存在と、人形のたどってきた道が明らかになりつつあることがわかった。

そこで私はさっそく「青い目の人形を調査する会」に入れていただいた。そして雫石とも子事務局長からたくさんの貴重な資料をいただき、次のことを知ることができた。

一つは、米国コネチカット州のビル・ゴードンさん（公認会計士でプラット・アンド・ホイットニーの情報システム課長）が、青い目の人形所蔵校の訪問、小学生たちと交流するために、二〇〇一年十一月九日から二十日にわたり来日され、十二日から十四日まで三本木小学校、広渕小学校・保育所、桃生小学校、川渡小学校を訪問して、教員や児童たちと交流されたことである。私は同氏を通じ、今後なんらかの発展があることを期待している。

また、宮城県からアメリカに答礼として贈られた「ミスみやぎ」を所蔵されているマーガレット・コルベットさんから、一九九九年四月に、桃生小学校には「スザンヌちゃん」、上沼小学校には「プディンちゃん」が、「新・青い目の人形」として贈られてきたことである。マーガレットさんは、二〇〇三年五月に、日本においでになってもいる。

三つ目としては、二〇〇二年九月十二日から十月十三日には、米国セントジョセフ博物館で「ミスみやぎ」「ミスひょうご」ら、五体の答礼人形の展示会が開催されている。

四つ目には、シドニー・ギューリック博士の孫、シドニー・ギューリック教授は、かねてから日本の小学校に「新・青い目の人形」を贈ってきているが、一九九八年一月には、仙台市八木山小学校に「ケリーちゃん」が贈られてきている。

さらにもう一つ、これは最初は工藤政夫・東北日米協会事務局長から資料をいただき、のちに雫石さんからも教えていただいたことであるが、二〇〇二年七月二十七日から、ロサンジェルスの全米日系人博物館で、日米親善人形の特別展示会「友情人形のパスポート――日米親善人形七五年目の再会」展が、開催されたのである。このことは、同年七月十四日付『毎日新聞』に、掲載されていた。

この展示会では、日本からアメリカへの答礼人形六体と、アメリカから日本への青い目の人形七体が展示されたという。そして、その博物館では八月十日に、ギューリック教授らによるシンポジウムが開催され、さらに同教授夫妻と、河野雅治・在ロサンジェルス総領事夫人、典子さん（青い目の人形の日本側窓口だった渋沢栄一の曾孫）が、対面されたことも、知ることができた。

以上で、青い目の人形については終わりとするが、私は日米間において七七年前に展開された、青い目の人形による壮大なロマンが、今日まで脈々と伝えられ、さらに新しい青い目の人形のストーリーが、草の根を分けて展開していることを知り、深く感動を覚えずにいられない。

同時に、青い目の人形を通じて、今後の日米交流はさらに進むことと思われるが、その進展に対して、心からエールを送りたい。

草の根の日米交流とは

日米間の姉妹都市は、一九五五年に始まり、二〇〇四年一月一日時点では四三九都市であるが、この第一回日米姉妹都市会議が一九九九年九月十日および十一日、仙台で行われた。この会議は地域レベルでの日米交流を活性化させることを目的としたもので、主催者は、財団法人・日米地域間交流推進協会、同会議実行委員会、同会議実行委員会仙台等で、姉妹都市関係者ら約三〇〇人が出席した。

第一回日米姉妹都市会議実行委員会会長・豊田章一郎氏は「日米関係を一層強くするためにも日米地域交流の発展に理解と協力をいただきたい」と開会の挨拶をされ、次いで浅野史郎・宮城県知事および藤井黎・仙台市長の祝辞の後、トーマス・S・フォーリー駐日米国大使から基調講演がなされた。フォーリー大使は開口一番「日米地域間交流推進協議会会長で私の良き友人、愛知和男さんに特別の感謝の意を表したい」と述べられ、日米間は世界で最も重要な二国間関係で、安全保障の面でも経済の面でも極めて密接な関係にあるが、一番大切なのは人間同士の出会いで、草の根の民間交流であるとの趣旨の挨拶をされた。会議はこれに続いて日米双方から日米交流の役割等に関する講演があり、十一日には高村正彦外務大臣代理の柳井俊二駐米大使の基調講演、姉妹都市関係者の体験談などがあり、同実行委員会仙台の亀井昭伍代表の閉会の辞で、二日間の幕を閉じた。

この会議に出席して印象の深かったのは、各スピーカーが、日米姉妹都市の交流をより緊密にするためには、一人一人が草の根レベルで交流することが大切、と述べられたことで、特にフォーリー大使の時にはこの感が深く、大使のスピーチをお聞きしながら、私にとって草の根の交流とは何があるか、と考えてみた。しかしわずかにアメリカの学生を一人、信濃路に案内したことがあるぐらいである。

もう少し範囲を広げて私とアメリカについて考えてみると、昭和五十九年（一九八四年）十一月、友好促進のため米国ミッションの副団長として米国各地を訪問したことがある。もう一つは、シアトルと仙台の間に定期航空便（シャトル便）を通す運動に参加したことがある。さらに思いをはせれば、終戦後戦地から復員して大学に戻った際、進駐軍に勤務しながら大学を卒業したことが、思い出されてきた。

それから約一年経った二〇〇〇年十一月、東北日米協会創立四〇周年記念式典が仙台で開催され、フォーリー大使が来賓としてご出席になった。私は式後の懇親会で大使に、戦後の大学復学の時に米国にお世話になったことについて、お礼を申し上げることができた。

ところで、私は「青い目の人形」について調べた時、秋田県でいえば、本荘市松ヶ崎小学校で大切にされている「青い目の人形」は、米国インディアナ州インディアナポリスのラサール通りに住む、ミセス・ブランチェ・ラファティーから、八〇年前に贈られたことを知った。私は、人を通じてその贈り主の子孫の方を探しているが、もし見つけることができれば、これは日米間の草の根の交流に連なるものであり、また、私が米国から受けたご恩に対するわずかのご恩返しにもなるのではないかと、思っている。

使える英語を目指す教育改革

私は愛知県立一宮中学校の時、初めて英語を習った。青山学院出身の国米毅先生が発音に熱心で、私たちは手鏡を見て、練習したものである。振り返って考えてみれば、これはとてもありがたく、発音に関する限り何か自信らしいものをもつことができたように思う。そうではあるが、当時はまだ田舎の中学校はのんびりしており、英会話を習うことはもちろんなく、そもそも英会話ということを考えてみたこともなかった。

旧制高校受験の時、試験官が英文を読み上げ、それを書き取る、いわゆるディクテーションの試験があり、私はそのとき初めてこういう試験があることを知り、ビックリした記憶がある。旧制高校では、三年間毎週一回英国人の教授から英語を習ったが、ヒアリングが主であったように思う。大学では特別のことはなく、途中学徒兵として南方に行ったとき、主計であったので、現地商人と英語で取り引きしたが、まったく片言であった。

終戦後進駐軍に勤め、新聞社の社説を英語に翻訳する仕事をしていたが、学業が忙しく積極的に英会話を練習する機会をもたなかった。

通商産業省に入っても、私の場合は、外国人に接する機会がないままに、ときおりは英会話を習おうと思ったことはあるが、NHKラジオ英会話で勉強する程度であった。東北電力に入社して以後は、会社の英会話グループに入った。その成果か、昭和五十九年(一九八四年)に、使節団の一員としてアメリカを訪れた際、ある研究所で即席のスピーチをしたが、これは私の英会話における、輝かしい一ページとなった。

そうはいっても、その後も相変わらず、英会話には自信がなく、即席のスピーチの翌日、アメリカ人とミーティングの合間に雑談をした時には、「私は英会話はダメです」と話したりしていた。その後、原稿を用意してあった本番のスピーチを終え、帰ろうとしていたとき、先刻話していたアメリカ人が近づいてきて、"You are modest."(あなたは謙遜家だ)と言った。「モデスト」とは、こういうときに使うのか、と知ることができたが、私の発音が良かったのかな、などと思ってみたりした。
その後はヒアリングが次第に衰えつつ、今日に至っている。もしも英語で会話ができたなら、どれほど楽しく幸せであろうかと思い、今年になってからまた、何十回目かの英会話に、チャレンジしているところである。

❖「英語が使える日本人」の育成のために

ところで財団法人東北産業活性化センター（会長・八島俊章東北電力会長）では、東北の産業の活性化のためには、英会話力を向上することが必要として、東北型英語教育改革のための委員会（委員長・東後勝明早稲田大学教授）を平成十年（一九九八年）六月に設け、その調査結果を「国益を損なう英会話力不足」として発表し、東北型英語教育改革についての提言を行なった。その主な点を述べると、次のとおりである。

日本人の英語力は、ＴＯＥＦＬ（Testing of English as a Foreign Language　アメリカ国内で勉強する、英語を母国語としない外国人のための英語の学力テスト）で、世界の一八二カ国中、一六二位である。この日本人の英会話力不足のため、日本からの対外投資に比し、外国からの日本投資は著しく少なくなっており、また世界各国の英語教育に比し、日本の英語教育（英会話教育）は著しく遅れているため、TOEFLの成績が、アジアでも他の国々に徐々に抜かれている実情にある。

しかし、東北は歴史的に、高橋是清元首相、野口英世、新渡戸稲造などの国際人も輩出していることを考えれば、この際英会話教育をさらに充実することが必要で、そのため「ものづくり」から外国語を操る地域への転身を目指し、ALT（外国語指導助手）の拡充や、基地のある国際都市・三沢を活用するなどの策を講じることを、この中では提言している。

さらに政策提言として、英会話力強化緊急措置法を作ること、英語教師（英会話担当）にネイティブ（英語を母語とする外国人）を積極的に登用すること、会話重視の英語教育へ転換すること、早期から英語教育をすること、大学入試、会社の入社、昇進試験にTOEFLを活用すること、英語を第二公用語とすること、などの提言を行なっている。この調査報告は、『国益を損なう英会話力不足』（八朔社）と題して出版されるとともに、東北産業活性化センターでは、中央に向けても積極的にPR活動をしている。

ところで、文部科学省では二十一世紀を担う児童、生徒、学生たちが将来英語による基礎的・実践的コミュニケーション能力を身につけることが、極めて重要な課題として、平成十二年(二〇〇〇年)一月二十六日、英語指導方法等改善の推進に関する懇談会(座長・中嶋峯雄東京外国語大学教授)を設け、審議の末、平成十三年(二〇〇一年)一月、同懇談会から文部科学省に報告書が提出された。

この報告書、および「英語教育改革に関する懇談会」の意見を踏まえ、同省では、平成十四年(二〇〇二年)七月十二日「『英語が使える日本人』の育成のための戦略構想」をとりまとめて、公表しているので、先の懇談会による報告書などについては、ここでは省略することとし、同年七月、この報告書にもとづき、文部科学省が策定した戦略構想について述べることとする。

第一には、英語を使う機会の拡充と、高校・大学入試等の改善による英会話能力の向上についての動機づけの高揚。第二には、英会話能力を重視する教育内容等の改善。第三には、国の内外の研修による英語資質の向上およびALT(外国語指導助手)の拡充、ネイティブの正規教員への採用促進等による指導体制の充実。第四には、小学校の英会話活動の充実。第五には、より適切に表現し、正確に理解する国語力の育成。以上である。

これらについて必要に応じて平成十五年度(二〇〇三年度)の予算要求をし、予算がついた段階で前述の戦略構想を見直し、行動計画とすることとしていたところ、英語教員の指導力向上、指導体制の充実、英語学習へのモチベーション(動機づけ)の向上、小学校の英会話活動の支援、などについての予算がついたので、同年三月三十一日付で、「英語が使える日本人」の育成のための行動計画を策定した。

この計画は、平成二十年度(二〇〇八年度)を目指した英語教育の改善の目標や方向性を明らかにし、その実現のために国として取り組むべき施策を、具体的な行動計画として、まとめたものである。

項目のみを挙げれば、第一には、日本人に求められる英語力を、中卒、高卒、大卒などの段階に応じて示して、育成の目標を掲げ、第二には、英語の授業の改善、英語教員の指導力の向上および指導体制の充実、英語学習のモチベーションの向上、入学者選抜等における評価の改善、小学校の英語活動の支援、国語力の向上、実践的研究の推進、以上による英語教育改善のためのアクションである。

このように、予算の裏付けを伴いながら、行動計画により実施されることになれば、わが国の英語教育は抜本的に改善され、英語のコミュニケーション能力の向上は、小学生から大学生に至るまで、学校においてはもちろんのこと、企業、さらには一般社会にまで着実に及ぶこととなろう。そして、わが国の経済はもちろんのこと、政治、社会、文化その他あらゆる分野が活性化し、さらには発展することとなるであろう。日本の世界における活躍が、大いに期待されるところである。

東北の若き経済人たちの活動

二〇〇二年五月十七日から二十日まで、仙台で、JCI-ASPAC（国際青年会議所アジア太平洋地域）仙台大会が開催された。私はかねてよりJC（青年会議所）活動に敬意を表しており、またシンポジウムにも参加したこともあるので、この大会の開会式に出席した。この大会はとてもすばらしかったので、さらに調べてみたいと思い、仙台JCの元理事長、横山英子さんにお話をおうかがいし、またたくさんの資料をいただいた。以下これらにより述べてみたい。

JCIとは、世界の若手経済人たちが組織する国際青年会議所で、四つの地域からなる（エリアA＝アフリカ地域、エリアB＝アジア・太平洋地域、エリアC＝北米・南米・カリブ地域、エリアD＝ヨーロッパ・中東地域）。ASPACはアジア太平洋地域で、Asia Pacific Conference の略称である。今回の大会には、このアジア太平洋地域の二一の国および地域から約一五〇〇人と日本各地からを含め合計約一万人が参加して行われ、東北では過去最大の国際会議といわれる。

ここで青年会議所（ＪＣ）の活動について触れると、一九一五年アメリカのセントルイスに始まり、自己研鑽と地域や国家や世界の発展に貢献する青年組織としてスタートし、名称もＪＣ（Junior Chamber of Commerce）となって他の地域に及び、全世界ＪＣの統合体として国際青年会議所（Junior Chamber International＝略称ＪＣＩ）がスタートし、一九四六年三月第一回ＪＣＩの世界会議がパナマで開催された。

わが国では、このＪＣＩとは別個に、敗戦後の日本の再建は青年の仕事であるとして、一九四九年九月三十日東京青年商工会議所が設立され、ＪＣの運動が拡大し、一九五〇年五月一日、第一回ＪＣ懇談会を東京で開催した。

この会ではローカル中心の運動を志向することとし、個人の修練、社会への奉仕、世界との友情の三信条を決め、一九五一年二月九日日本青年会議所が設立された。なおＪＣＩへの加入は、同年五月、カナダのモントリオールで開かれた第六回ＪＣＩの会議で認められた。

仙台についていえば、社団法人仙台青年会議所は、一九五一年に設立され、仙台地域の政財界に多くの人材を送り出しているが、JC仙台では一七年前から、JCI‐ASPACの仙台誘致を開始し、その努力が実って今回仙台開催となった。ちなみにJCI‐ASPACの日本開催は仙台が九番目で、金沢大会以来六年ぶりのことである。

ASPAC事務局発行の『Conference News』第一号によれば、今大会のテーマは、「行動する社会起業家」であるが、この意味にはアジア太平洋地域の経済を担う若きリーダーたちが、「真のしあわせとは何か」について見つめ直し、一人一人の行動によって幸せに導いていこうという思いが込められ、また今大会のスローガン「ハピネス　仙台！」(Happiness SENDAI!)には言語や宗教や民族を超え、お互いの伝統や文化を理解し合う一方、新しいネットワークを築きながらすべての人々が幸せになれるよう努力する意味が込められ、演出面の至るところに「しあわせ」への問いかけや問題提起がなされている。

ところで開会式は十七日午後五時から、夢メッセみやぎで、秋篠宮殿下、同妃殿下ご臨席の下に、約三〇〇〇名が参加して行われ、秋篠宮殿下のお言葉、浅野史郎宮城県知事、および藤井黎仙台市長の祝辞、サルビー・バトレJCI会頭、マルセロ・フェルナン・ジュニアＪＣＩ‐ＡＳＰＡＣ仙台大会議長らの挨拶があり、ＡＳＰＡＣからの来会者が壇上で紹介されるときは、民族衣装を身につけたご夫人、お子さんを同伴なさっている方も多く、国際色豊かで、壇上の映像には英訳もつけられた。クライマックスは、坂本九の「上を向いて歩こう」の大合唱で、会場は大いに盛り上がった。

大会のテーマ「行動する社会起業家」に関連してＪＣＩのサルビー・バトレ会頭は、「世界的ネットワークをもつＪＣは社会起業家を育てる使命がある」と述べ、またマルセロ・フェルナン・ジュニア大会議長は、「地元市民との友好を深めたい」と述べているが、大会は、環境問題、青少年の育成、地域の国際交流、市民と子どもとの交流、東北の紹介等を柱に、しあわせを切り口として環境教育セミナー、社会起業家が目指す戦略的企業改革シンポジウム、東北企業五〇社によるビジネスブースの展開、ＪＣ活動に関するセミナー、企業・学校訪問等、四日間で約六〇のプログラムが実施された。

仙台大会は仙台青葉祭りに合わせて企画されており、『河北新報』によれば、五月十八日の宵祭りのすずめ踊りコンテストには、ＡＳＰＡＣの外国人出席者も、仙台大会実行委員会が用意した法被《はっぴ》に着替え、乱舞する雀踊りの人たちに加わり、また十九日の山鉾《やまほこ》のパレードにはASPAC出席者の約五〇人が法被を着て、「ソーレ、ソーレ」という掛け声で山鉾を引っ張り、青葉祭りに国際色豊かな彩りを添えた。

インドから参加したシェイ・ペルメシワさんは、「祭りに参加することで日本の文化を知ることができた。すばらしい体験であった。法被は大切に持ち帰りたい」と話しておられたという。

また、十九日には「竹ろうそくでハピネスの灯りをともそう」という幸福の灯りの催しが行われた。これは四〇センチ前後に切ったモウソウダケを河川敷に立て、その筒の中にロウソクを入れたもので、その数一〇〇〇本。一般市民も参加してロウソクに灯りをともし、夕闇に揺らめく灯りが岸辺の水面にも浮かび、幻想的な世界が現れた。

前述のごとく、このASPAC仙台は、仙台青葉祭りに合わせて企画されたが、日韓共同開催によるワールドカップ・サッカーのイタリアチームが、仙台をキャンプ地にしていたことで、ワールドカップの盛り上がりも加わり、ASPAC仙台を歓待するに十分な雰囲気がつくられていた。一方、ASPACの本大会実施においても、六〇〇人に上る市民が案内や通訳等のボランティア活動により会議をバックアップしたこともあり、そして何よりも、しあわせを切り口としたこともあって、充実したものとなった。

仙台JC季刊誌『NOZOMI』二〇〇二年夏号によれば、高橋亙《わたる》仙台JC理事長は「大会終了後お会いする方々から、すばらしい大会であったとか、温かみのある大会であったとの感想を寄せられた」と述べており、またマスコミの評判も良く、私は本大会は多大の成果を挙げたと思っている。

さらに、坂上力《ちから》・本大会実行委員長は、この大会により真の幸福とは何かを考えていく契機になればありがたいと、言っておられる。私は若い経済人が、このように幸福をスローガンに掲げて訴えられたことは、非常に画期的であり、すばらしいと思うとともに、この輪がさらに広がって、JCI、ひいては世界の人々にまで及ぶことを期待する次第である。

短歌で綴るカナダツアー

カナダについて、私は『東北見聞録２』でも述べている。簡単に述べれば、カナダの人々はとても親切で、自然や動物を大切にしており、政治面では、革命の手段をとらないですばらしい改革がなされ、また経済面では、豊富な資源にハイテク技術を駆使して発展し、地球環境保全面では、国内において国を挙げて努力し、国際社会においては指導的役割を演じている。カナダは、二十一世紀において世界で最も尊敬される国の一つになるであろうということである。今回はそのカナダにツアーで行った一九九六年に作った短歌（河北新報社に投稿）について述べたい。

我等乗る　船より低く　川の面に
　虹の立つ見ゆ　水しぶく中

私たちは遊覧船に乗って、ナイアガラ瀑布の滝壺を見に行った。そこは水しぶきで一面真っ白だった。落下差五〇メートル、幅四〇〇メートルの大滝は、雄大豪壮で、轟音の世界であった。すっかり満足して滝壺を後にするとき、気がつくと、風が強く水しぶきの立つなかで、船よりも背の低い、小さな虹が立っていた。自分の視線よりも低いところで虹を見たのは、生まれて初めてであった。

今から七〇年ほど前、たしか小学生のときに習った覚えのある「ナイアガラの滝」の歌が、思わず口に出た。次のような歌詞である。

懸涯一五丈　一時に落つる
　四〇〇丈の大滝は　天地に響く
滝は二つ　アメリカ　カナダ
　二つを合わせて　大滝ナイアガラ
響きは万雷か　天にも響く

後でオンタリオ政庁に行ったとき、この歌を歌ったところ、先住民の間で歌われている歌ということがわかった。先住民の心の響きに触れることができて、嬉しかった。

小春日和の　氷河の上を　ツアー我等

歩みぬ濃き影　皆伴いて

カナダの十月には「インディアン・サマー」があり、一週間ほど続くという。辞書によれば、「インディアン・サマー」は「小春日和」とある。この小春日和に恵まれて、私たちは幸運にも白く凍った氷河の上を歩いた。真っ白い氷の上に、皆自分の濃い影をお供にして、歩いた。誰が準備したのかそこはよくしたもので、氷河の氷でオンザロックを作り、回し飲みをした。忘れられない一日であった。この氷河も五〇〇年後にはなくなるという。しかし地球温暖化が急速に進んできているので、もっと早くになくなってしまうかも知れない。寂しいことである。また、恐ろしいことである。

機内より　見下ろすカルガリの　街の道
　一直線に　天に連なる

私たちはトロントからカルガリーに向けて飛行機で出発した。カルガリーに近づいて行ったとき、街の道路が一直線に天に連なって見え、すばらしかった。カルガリーといえば、一九八八年に冬季オリンピックが開かれた場所である。その地を訪れることができたのは、幸運であった。

ロッキーの　山脈氷河に　削られて
　　いずれも縦の　縞を持ちたる

このロッキーは、もちろんカナディアン・ロッキーであるが、どの山も氷河に削られて、縦縞の岩肌をあらわに見せ、怒ったような、悲しむような、嘆くような風情で、天にそびえていた。私がこれらを見て思い出したのは、アルプスのモンブラン（四八〇七メートル）だったが、ここにはモンブラン級の山々が、空に届かんばかりに、そびえ立っていた。

二〇〇〇年に、東北七県のチョモランマ二〇〇〇登山隊隊長として、チョモランマ登頂に成功した八嶋寛隊長から得た情報によれば、二〇〇二年は国際山岳年であり、地球温暖化による氷河の後退、特に山岳氷河後退の対策が検討されているという。その氷河とは、私の聞いていたニュージーランドのほかに、南極はもちろん、ヨーロッパアルプス、ヒマラヤ、アルゼンチン、ノルウエーなどにもあることを知ったが、これらの国の山々も、同じような格好をしていることであろう。

森林の　限界線越え　突き出たる
　　山皆氷河に　裂かれていたり

私はカナダツアーにより、初めて「森林の限界線」という言葉を聞いたが、もちろん日本にもあるであろう。この森は見事なまでに黄葉に包まれて、紅葉と黄葉の日本とは趣を異にしているが、その限界線の上は、前述した氷河により浸食された山々の表情であった。

　　バンクーバーの　ホテルより見る　街の灯の
　　　きらめく果ては　天に連なる

バンクーバーは、色とりどりの花一杯のエリザベス公園や広大なスタンレー公園を憩いの場として、美しいまちづくりのもとに、活気を呈している西海岸第一の大都市である。われわれのツアーも今晩が最後の夜となり、一同別れの前夜祭ということで、童謡等を歌い続け、終わって帰ってきたホテルから見た夜景は、一〇〇〇万ドルを遥かに超えて、一〇〇〇万ドルに値するすばらしいものであった。

　　氷河の上　語りて歩みし　君逝きぬ
　　　カナダツアーより　二年経ぬに

私たちのカナダツアーは、幸運にも何の事故もなく、帰国することができた。私はそのお礼を言いに塩釜神社にお参りした。境内には金木犀の香りが一杯に漂っていた。そして私たちは、東北日本カナダ協会（明間輝行会長）の毎年二回の会合の際、楽しかったカナダツアーの思い出を語り合った。しかしあれから二年も経たないのに、一人の友が逝き、それから四年も経たないのに、同行された奥さまもまた、亡くなられてしまった。そして最近また一人亡くなられた。寂しいことである。

私は短歌は画であり、感動であると思っている。これら七首は、私の心の奥にしまわれている映像である。同時に、これらによって、読者の皆さんが、カナダへの理解をより深くしていただくことができるなら、私にとっては、望外の喜びである。

クマのプーさんが愛される理由

新聞の伝えるところによれば、日本ではディズニーの「くまのプーさん」グッズの売れ行きは、伸び率が非常に大であり、本場アメリカでも、ミッキーマウスを抜いて、ディズニーでトップに立っているという。プーさんといえば、私には思い出がある。以下に述べてみたい。

一九九五年十月、東北日本カナダ協会（明間輝行会長）は、カナダとの友好親善のため、カナダツアーを企画し、私は三七名の団長として、カナダの西半分を訪問した。事前の準備として私は、カナダについて数冊の本を読んだ。その中の一冊である、J. IWASAKI & ASSOCIATES LTD. 執筆編集の『カナダと日本　この一〇年』（カナダ人たち40、ＣＪＢＲ、一九八九年五月号）の「オンタリオで生まれたクマのプーさん」によって、クマのプーさんにはモデルがあることを知った。

それによれば、マニトバ州ウィニペグに駐在していたカナダ陸軍の獣医ハリー・コルボーン中尉は、一九一四年カナダ軍一行とともに、英国に赴く途中、オンタリオ州北部の町ホワイトリバーに立ち寄り、ここで中尉は黒い雌の子グマを連れた猟師を見つけた。猟師は母グマを撃ったのだった。中尉はその猟師から子グマを二〇ドルで買い取り、英国ロンドンに連れて帰った。

彼はこの子グマを自分の出身地ウィニペグに因んで「ウィニー」と名づけ、大変かわいがって育てたが、第一次世界大戦で前線のフランスに出陣することとなり、ロンドン動物園に寄贈した。ウィニーは、動物園において人気者となり、子どもたちから愛された。

こうした時、イギリスの作家アラン・アレクサンダー・ミルンと、その息子クリストファー・ロビン・ミルンがロンドン動物園を訪れ、ウィニーと出会い、クリストファーはウィニーに夢中になった。それにヒントを得てミルンが、ぬいぐるみの子グマのプーさん（Winnie the Poo）と、クリストファーやその仲間とのユーモア溢れる交流を書いた。この童話は世界の子どもたちに愛読され、わが国では石井桃子訳で有名である。

ところで、前述の『カナダと日本　この一〇年』によれば、ホワイトリバー町では、プーさん像を建てる運動が起こっているということであった。そこでこの運動がどうなっているかと思い、カナダ大使館に問い合わせたところ、ホワイトリバーには「プーさん像」（Winnie the Poo Statue）がすでに建てられ、毎年夏「プーさんの生まれ故郷祭」（Winnie Hometown Festival）が行われているという。二〇〇〇年は第一二回にあたり、最近の資料では、二〇〇二年は第一四回で八月二十日から二十二日の予定である。このプーさん像は、ウィニペグのアシニボイン公園にも建てられ、またロンドン動物園にも建てられている。

かくてプーさんは、世界で最も愛読される童話の一つとして、また今最もよく売れる動物グッズの一つとして、そして世界の三カ所に建てられたプーさん像を通じて、今後も世界の人々、特に子どもたちに、愛され、親しまれていくのであろう。

二〇〇二年にA・A・ミルン生誕一二〇年記念として全国で開催された、ミルンとE・H・シェパード展「くまのプーさんの世界」は、仙台でも七月二十六日から八月七日まで開催され、私も見に行ったが、改めて知ることが多かった。

世界四〇カ国以上で子どもから大人にまで親しまれている童話『くまのプーさん』

は、「魔法の森」の住人であるプーさんとの出会いから始まるのであるが、作家ミルンは、豊かな自然の中にある農場を別荘として、そこに住んでいた。先に述べたように、ミルンはプーさんの一番の友達である少年クリストファー・ロビンを書くにあたり、自分の息子をモデルにした。クマのプーさんはロンドン動物園に実在したカナダ生まれの黒クマ、ウィニーがモデルであるが、同時に息子が持っていたテディベアのぬいぐるみも、プーさんのモデルとなっていた。テディベアとは、アメリカ第二六代大統領であるセオドア・ルーズベルトの愛称にちなんでいるが、ルーズベルトがクマ狩りの最中に捕まった小熊を撃てずに狩をとりやめたことから、クマのぬいぐるみがブームとなったという由来がある。

こうしたことの多くを、私は、この展覧会を通して知った。これまでは、クマのプーさんがどうしてぬいぐるみであるのかよくわからなかったが、これで理解することができた。

この展覧会の主催者は、クマのプーさんの世界のもっている魅力について、挨拶の中で次のように説明している。プーさんの世界の魅力とは、ミルンの子どもに対する深い思いやりと、プーさんを通して描かれた子ども（人間）とプーさん（自然）

との共生、さらにE・H・シェパードの素朴な絵画が、プーさんの世界をより創造的に表現したことが魅力の一因なのであろう、と言っている。

私はこれに関連して思い出すことがある。それはディズニー社発行の『くまのプーさん クリスマスツリーを求めて』の本のことである。この内容は、プーさんがクリスマスツリーを求めて、仲間と森に行き、クリスマスツリーにふさわしい木を見つけたが、切るに忍びず、森の中でクリスマスツリーを飾り、クリスマスイヴを過ごしたという話で、自然環境保全を大切にしたクマのプーさんの物語である。

前述のごとく、魔法の森の住人プーさんは、今後は地球環境保全の分野においても活躍することとなり、クマのプーさんの人気はますます増すこととなるであろう。

イヌイットの伝統に学ぶ

二〇〇一年八月下旬、仙台で開催された「極北のイヌイットアート展」は、自然や動物を大事にしながら極寒の地に生きるイヌイットの人々のアート展で、地球環境の悪化と精神の荒廃に悩む人類にとって、非常に参考になると思われるので、同アート展仙台報告書などにより、詳しく述べていきたい。まず、イヌイットとはどんな人々であるかから、述べてみたい。

❖「必要なものしか捕らない」暮らし方

イヌイットは、カナダ北部、米国アラスカ、デンマーク領グリーンランド、ロシア北部の北極地域に四〇〇〇年以上も住み、長い間「エスキモー」と呼ばれてきた民族で、人口約一三万人である。祖先は、三万年以上も前に、陸続きだったベーリング海峡を渡って、北部ロシアから北米に来たといわれる。

ここでいう北極地域とは、北極点の周辺と北極海を含む北緯六六度三三分から北の地域で、面積二一〇〇万平方キロメートル、二〇〇〇万人の人が住んでいる。気候は寒さ厳しく、冬は気温が氷点下五〇度まで下がることもあり、北緯七〇度から北の地域では、一年に一〇〇日以上も暗闇と薄明かりの日々が続き、湖、河、および海は、六月、七月の短い夏の間を除き、ほとんど一年中凍っている。

イヌイットの人々は、「必要なものしか捕らない」「捕れたものはみんなで分け合う」「すべてのものを無駄にせず、できるだけ全部を利用する」という伝統を守っている。

北海道大学大学院文学研究科・佐々木亨助教授によれば、カナダ極北地域に住むイヌイットの伝統的な生活では、冬は防寒性の高いカリブー（トナカイ）の毛皮で作られた服を着て半地下式の住居に暮らし、移動の際は犬ぞりを使いながら、イグルー（雪でできた家）で生活し、アザラシを捕って食料にしており、夏は円錐形のテントに生活し、河を上るホッキョクイワナを捕ったり、カリブーを狩猟しながら、移動生活を続けてきたという。

しかし十九世紀中頃から外部との交流が始まり、第二次世界大戦を経て一九六〇年代には、カナダ政府は定住化政策を進めて、イヌイットに家屋を支給し、村には学校や病院ができ、これによりイヌイットの伝統的な生活パターンが大きく変化し始めた。

この定住化に伴い、アートに関していえば、制作のための協同組合がつくられ、また制作者名、制作地などが記されて、作者のアーティストとしての自覚も促されるようになり、マーケットの志向とも相まって、定住化以前の生活描写中心の作品から、より芸術性の高い洗練された作品が作られるようになった。

❖極北のイヌイットアート展

このアート展は、イヌイットの人々の優れた創造性と実体感に溢れた作品を通じて、その文化の豊かさに触れるとともに、気候変動、生物および人間文化の多様性の危機、有機汚染物質の問題等を抱えている極北の状況を、世界に伝えて理解してもらいたいとの願いを込めて、開催されたものである。

　第一回は一九八九年の世界環境デーに合わせてニューヨーク国連本部で開催され、それ以来米国のダグラス開催まで、米国、カナダ、メキシコ、ブラジルおよびアルゼンチンの五カ国一二会場で開催された。この間カナダ大使館が会場になるなど、カナダ政府は積極的にこの展覧会を支援している。

　日本での開催は、福田赳夫元首相とフォード米元大統領との合意で、一九九四年東京三越美術館で開催されてより、一九九八年長野で開催されるまで、一一回一一会場で開催され、最後は仙台展で、愛知和男元環境庁長官の主唱により動き出し、一九九九年カナダ大使館エドワーズ大使、愛知先生、明間輝行在仙カナダ名誉領事等の懇談で実行委員会（会長・愛知先生）が発足し、仙台開府四百年記念事業の一環として、二〇〇一年八月十一日から九月三十日まで行われた。主催者は国連環境計画、カナダ大使館、河北新報社、本アート展中央および仙台の実行委員会である。

　ここで仙台展の会場に触れると、「観る」「聞く」「触る」「体験する」の四コーナーに分かれ、出品物のほか移動式テント、イグルーの模型等があり、イヌイットの衣装を身に着けることができた。出品は、北極地域に暮らすイヌイットが、一九六〇年代からこれまでに制作した作品約八〇点である。

出品の例を挙げれば、「我が精霊と踊る」（ナラニック・タメラ作、ノースウエスト準州〈現ヌナブト準州〉、レークハーバー）がこの展覧会の代表作である。北極熊が踊っているもので、クマの動きは実に柔軟で優雅、本当のダンサーのようにつま先立ってクルクル回ることができる。北極熊は、イヌイットの間ではハンターと対等と考えられ、尊ばれているのである。

また「イヌイットになる」（アイリーン・アファラキアック作、ヌナブト準州ベーカーレーク）は、人間に姿を変える鳥や魚のような生き物がたくさん描かれていて、すべての生き物は大地の一部で共通のものをもっているというイヌイットの考え方がよく現れている。

資料によれば、イヌイットは人や動物に限らず、植物、岩など自分たちを取り囲むすべてに精霊が宿っているので、自然や動物を敬い、あらゆるものの命を大切にするといわれ、縄文人の考え方と同じといえよう。

私自身、イヌイットというと、日本人と同じように、幼い時に蒙古斑《もうこはん》があったり、赤ちゃんを背中に負ぶう習慣があると聞いていたので、以前から親しみを感じていた。展覧会のガイドさんの説明では、イヌイットの赤ちゃんにも、やはり蒙古斑があるという。また、作品の中で女性が赤ちゃんを負ぶっているモチーフを見ることもできたので、嬉しい思いがした。

ここで入場者の声を紹介してみよう。

「何と大らかで楽しい作品なんでしょう」

「動物と通信できる人がいることにびっくりしました。イヌイットの文字を勉強したい」

「イヌイットの自然を大切にしながら生きることを再認識し、自然に優しい生活をしようと思った。ガイドの説明もよかった」

ところで、在日カナダ大使館広報文化部発行の情報誌『カルチャーカナダ』（二〇〇二年八月一日号）によれば、日本アムウエイ社所有のイヌイット美術作品は、過去四〇〇〇年間にイヌイットの培ってきた技術や世界観を反映し、民俗性・芸術性豊かなコレクションとして高い評価を確立しているが、これらの美術作品二〇六点（仙台展の場合は約八〇点）が、二〇〇二年七月三十日、同社から日本の国立民俗博物館（民博）に寄贈された。

これにより、従来からの民博所蔵作品に加えて、世界有数のイヌイットコレクションとなり、イヌイットの住む地域をすべて網羅し、学術的にも高い価値を備えることになった。民博では、二〇〇三年五月の常設展示場リニューアル後、「アメリカ大陸」会場に「極北のイヌイットアート展」として二年間展示するという。

私は二十一世紀の最大の課題は、地球環境の悪化と、精神の荒廃を防ぐことと思うが、「必要なものしか捕らない」「捕ったものは皆で分け合う」「すべてのものを無駄にせずできるだけ全部を利用する」というイヌイットの伝統の下に、極寒の地において培われてきたこれらイヌイットのアートは、二十一世紀を歩む人類の道しるべの、有力な一つになるのではないかと思っている。

❖イヌイット壁掛け・人形展

「極北のイヌイットアート展」に続いて、「イヌイット壁掛け・人形展」が、二〇〇二年十二月十五日から二十一日まで、仙台で開催された。この展示会は、カナダ名誉領事館のある仙台で開催したいという、ロバート・G・ライト駐日カナダ大使のご好意により、東北日本カナダ協会（明間輝行会長）主催で、カナダ大使館の後援と協力を受けて、行われた。

　展示された壁掛けや人形は、トロント在住の岩崎昌子さんが、一九七〇年にカナダへ移住されて以来、約三〇年間にわたって収集されたもので、この種の収集としては、世界最大といわれている。このコレクションの中から、壁掛け五五点、人形四五点、ウル（イヌイットの女性用ナイフ）ほか、小物二二点など、計一二二点が展示された。

　元来、イヌイットの女性たちは、動物の毛皮などを素材にして、厳しい冬の寒さから身を守るための防寒着であるパーカーを縫い、身にまとっていたが、二十世紀後半に入って、定住化が始まると、パーカーは厚手のウール地や加工されたカンバス地などの素材に変化した。女性たちは、定住生活に必要な現金収入を得るために、衣類を作った残りの、色とりどりの端切れを使って、壁掛けや人形づくりを始めるようになって、今日に至っている。現在カナダでは、イヌイットの壁掛けや人形は、手工業としてよりも、アートとして扱われることが多いという。まことに結構な話である。

展示された作品を見ると、イヌイットの壁掛けは、大小さまざまなウール地に、イヌイットの伝説や日常生活を表現した、色鮮やかなものである。また、人形は、イヌイットの女性たちの裁縫技術の習得や、子どものおもちゃにすることを目的に作られており、姿や形はもちろん、着ている洋服の素材まで、イヌイットの人々そのものに、作られている。特に女性の人形は、色とりどりの洋服を着たもの、赤ちゃんを背中におんぶしたものなどが、印象的であった。

これら、イヌイットの壁掛けや人形は、先に述べたイヌイットアートと同様に、二十一世紀において人類が進むべき方向について、参考になるのではないかと、私には思われる。

なお、岩崎さんは、これらの壁掛けや人形を、日本で常設展示できる場を探しておられるという。その実現を、心から願う次第である。

世界一周した最初の日本人――石《いしの》巻若宮丸《まきわかみやまる》漂流民

『読売新聞』（二〇〇二年二月二十五日付）に、石巻若宮丸漂流民の記事があった。これまで聞いたことのない出来事だったので、さっそく図書館に行き、三陸河北新報社発行の阿部忠正著『いしのまき若宮丸漂流始末――初めて世界を一周した船乗り津太夫――』を借りた。この本はわかりやすく、文章も美しく、世に埋もれた若宮丸漂流民の偉業を世に紹介した数少ない本である。深く感銘を受けた私は、著者にお電話を差し上げてみたが、すでに亡くなっておられた。

「石巻若宮丸漂流民の会」の石垣宏会長に、おうかがいしてみたところ、石井研堂編『江戸漂流記総集』第六巻（日本評論社）、大島幹雄著『魯西亜《ろしあ》から来た日本人』（廣済堂出版）、『仙台漂民とレザノフ』（刀水書房）および『漂流民とロシア』（中公新書）の四冊の本を紹介してくださった。『いしのまき若宮丸漂流始末』を中心に、これらの本にも、もとづきながら、石巻若宮丸漂流民について述べてみたい。

❖漂流から世界一周へ

一七九三年十一月、船頭・平兵衛、水主頭《かこがしら》・津太夫、水主・善六その他乗組員一六人の若宮丸は、米、木材を積んで、郷里・石巻（宮城県）から、江戸へ向かって出航した。しかし、磐城《いわき》の沖合で大時化《しけ》に遭い、漂流してアリューシャン列島のオンデレィック島に漂着した。島民は、乗組員たちの目には異様な風体の人々と映ったが、心は優しかった。ここで親方船頭の平兵衛は、心労と疲労が重なり、一七九四年六月に亡くなった。

一七九五年四月三日、大商人ガラロフ（デラロフ）に連れられて、一行は同島を出発し、五月十二日、アムチトカ島に着いた。ここは伊勢白子の神昌丸《しんしょうまる》（ロシアへの日本から五隻目の漂流船。若宮丸は六隻目だった）の、大黒屋光太夫《だいこくやこうだゆう》ら一行が漂着し、三年ほど滞在したところである。ここに二日ほど泊まり、六月二十八日、オホーツクに到着した。シベリアの入り口である。八月のある日、急に西方のイルクーツクに赴くことになり、輸送の関係から三隊に分かれ、極寒に悩まされて最後の隊が着いたのは、約一年半後の一七九六年一月二十四日であった。途中、市五郎が亡くなり、一行は一四名となった。

イルクーツクは、シベリアの黒テンやアリューシャンのラッコの集散地であった。しかしこの付近は食料もなく不凍港もなく、このためロシアは日本との修好をねらいとしており、その拠点がイルクーツクであった。当時日本は鎖国をしており、外洋の航走不可能な、帆柱が一つしかない船を用いていたため、漂流することがときどきあり、その場合、ロシア領にたどり着くことが多かった。女帝エカテリーナ二世は、これら漂流民を全員日本に送り届けることを、日露修好条約のカードと考え、最初に実現したのが、大黒屋光太夫らの日本送還だった。

しかし、そのエカテリーナ二世が死去して、跡を継いだパーベル一世は、前帝の政策にはなべて反対だったので、石巻漂流民は、八年もこの地に留め置かれることとなった。パーベル一世の治世がわずか五年で終わり、一八〇一年、アレクサンドル一世の治世となると、祖母エカテリーナ二世の信奉者であった新帝は、一八〇三年三月に役人を遣わし、石巻漂流民を急遽ペテルブルグに呼び寄せた。

その間に、滞在地イルクーックで吉郎次が没し、一行は一三人となっていた。通訳の新蔵（大黒屋光太夫一行で帰国せずロシアに留まっていた）が加わった一行は、三月七日、イルクーックを発ち、極寒の大陸を横断して、四月二十七日、ペテルブルグに到着した。この間、左太夫、清蔵および銀三郎が脱落して、一〇人となった。五月二十三日、アレクサンドル一世の謁見を受け、新蔵の通訳のもとに、皇帝から帰国を希望するかどうかを問われ、津太夫、儀平、左平、太十郎の四人が帰国を希望し、そのほかの六人は、残留を希望した。だが、皇帝の願いとしては、全員帰国にあったようである。

以来帰国まで、四人は客人として手厚い取り扱いを受け、市内見物も豪華であった。なかでもクンストカーメラ（人類学博物館。一七一四年ピョートル大帝創設のロシア最初の博物館）は、世界の鳥獣、衣類、書籍が集められ、日本語の書物もあった。これは一七三五年頃、漂流してきた日本人のゴンザやソーザ、一七四四年に漂着した青森県佐井の南部船・多賀丸（ロシアでの四隻目の漂流船）水主から聞き取ったものを、光太夫が改訂した本である。

一八〇三年六月十六日、日露修好条約の締結と津太夫ら四人の仙台漂流民を送り届けるため、あわせて世界周航のため、ナデジダ号とネバ号の二隻のロシア軍艦は、クロンシュタット軍港を発った。ナデジダ号には遣日修好使節のニコライ・レザーノフと艦長のクルーゼンシュテルン、および津太夫ら四人の漂流民が乗船した。船はデンマークのコペンハーゲン、イギリスのファルス、スペイン領カナリア諸島のサンタクルス、ブラジル沖のサンタカタリーナ、南アメリカ最南端のホーン岬を経て太平洋を北上し、マルケサス諸島、サンドウィッチ諸島(現ハワイ諸島)を経て、七月四日、カムチャッカに至り、一八〇四年九月四日、長崎に入港した。ロシア側は幕府と修好の交渉をした。レザーノフは日本との修好条約締結に大いに期待したにもかかわらず、日本の鎖国の壁を破ることができなかった。幕府はこの結果が不満であれば、四人の漂流民をロシアに連れ戻してもよいとまで言い放ったが、レザーノフはやっと日本まで帰ってきた漂流民たちに、子どもに晴れ着を着せてやるかのようにして土産物を持たせて送り届けている。彼はなんとすばらしい人物ではないだろうか。

かくて四漂流民は、一八〇五年十二月に江戸の仙台藩邸に到着し、藩主・伊達周《ちか》宗《むね》の命を受けた仙台藩蘭学の大家・大槻玄沢《おおつきげんたく》とその補佐・志村弘強《しむらひろゆき》の聞き取りを受けることとなった。しかしこの作業は難航した。それは四人の漂流民が一介の水主（水夫）で無学であったからである。しかし玄沢らの驚異的な努力により、三年の月日をかけて『環海異聞《かんかいいぶん》』が完成した。この聞き取りを終えた津太夫らは一三年ぶりに石巻に帰った。津太夫らは陸路・海路を通して日本人として初めて世界一周を果たしたが、世界の人の中でも、初めてではなかろうか。

❖稀有な人物の記録

若宮丸より先に神昌丸が遭難し、神昌丸の大黒屋光太夫らが日本に送還された。幕府御用方蘭学外科医・桂川甫周《かつらがわほしゅう》が、光太夫から聞き取ってまとめたのが、『北槎聞略《ほくさぶんりゃく》』である。光太夫は船を総括する沖船頭であったうえに、一流のロシアの博物学者キリル・ラックスマンと親交があり、社交性に富み、読書好きであったので、この本は非常に充実していた。

『環海異聞』（『江戸漂流記総集』第六巻所収、日本評論社）解題者の山下恒夫氏によれば、大槻玄沢は志村弘強と手を携えて編まんとするにあたり、甫周の大著を手本とし、できるならば凌駕したい、指標であったようだとし、さらに光太夫をはじめ、当時天下一の天文・暦学者と目されていた間重富《はざましげとみ》、蘭学・地理学者の山村才助、銅版画家・松原右仲《うちゅう》（銅版世界地図を描いた）ら四人の助力を得たと、言っておられる。

玄沢による『環海異聞』序例附言には、題名に関して、「北アメリカ州の属島に始まり、アジア州、ヨーロッパ州、アフリカ州、南アメリカ州の五大州を遍歴して地球の四面環海を一周し……再びわが東方に帰朝せしは、前代未曾有の一大奇事にして上下古今……三千年来絶えて無き所の奇談異聞なり。玄沢命を受けてこの編、環海異聞と題せしもこれが故なり」とある。

山下恒夫氏は「世相の動向もあってか時の大名、諸侯や所謂社会の選良達という限られた範囲であった様だが、……江戸漂流記の中でも異例に属する程多量の写本が現存する……しかも幕末期の嘉永年間に至っても依然本書の転写がやまなかった……」として、本書は高く評価されたとしている。

しかし津太夫らが学問の素養がなく、ために考証等に手間取り、完成までに一年半ほどかかったせいか、玄沢は序例附言において、「この紀聞、愚陋《ぐろう》無識の雑民等、彼のロシア本地に入り、かつ帰朝せる海路の如きも徒らに妄見妄聞する所にしてその評審を得ず疎漏《そろう》なる事のみ多し……」と言っているが、私はこれを読んで何か不思議な感じがした。

この点、山下氏は、江戸時代の漂流記一般に共通するのだが、記録者側は漂流民の目と耳に記憶された異国の事物のみを問題とし、「漂流民」という稀有なる人間の記録をつくるという視点が欠けていると言っておられるが、私にもそのように思われる。つまり光太夫と津太夫らの力量の差を痛感するあまり、玄沢は異国の事物の記録にのみ重きを置きすぎたのではなかろうか。

そこで私は、もう一方の、稀有なる人間の記録をつくるという点から、津太夫を中心に、彼らについて若干述べてみたい。

ナデジダ号の船長クルーゼンシュテルンは、世界で最初に海路世界一周をしているが、津太夫らは、アジア、ヨーロッパを陸路、海路で旅している。したがって陸路、海路での世界一周については、わが国はもちろんのこと、世界でも、彼らが最初にしたことになるのではなかろうか。加えて世界の通過地点の風俗・風物を述べており、鎖国日本の蒙《もう》を啓《ひら》くとともに、世界の民俗学に大いに貢献したといえるのではなかろうか。

津太夫は、船頭・平兵衛の死後は年長者として一同のまとめ役となり、亡くなった二名および落伍者の四名を除いた一〇名のうち、ロシア残留を希望した六名に対し、一緒に日本に帰ろうと説得している。ロシア皇帝アレクサンドル一世から帰国するかどうかをたずねられたとき、彼は以下のように答えている。

「ただいまは、帝王様のありがたいお言葉を頂戴し、感激で一杯であります。私は年長者として今日まで一同のまとめ役をしてまいりましたが、国に帰るか帰らないかは、それぞれの口から直接申し述べさせていただきます。私はぜひとも日本に帰していただき、帝王さまはじめお国の人々から頂戴した親切の数々を、国元へ伝えます」

堂々たる挨拶である。誰がこれ以上の挨拶をすることができるであろうか。日本の一漁民のこの挨拶は、さぞかしアレクサンドル一世の心を打ったことであろう。

いよいよロシアを去ることになったとき、津太夫は残留者たちに向かい、こう言っている。

「あなた方を残して故郷に帰るなど今まで考えてもみなかった。あの磐城沖で遭難の時は生きるも死ぬも全員一緒の覚悟だった。道中の宿駅には待っている仲間もいるゆえ、一緒に末永く達者で生きてくれ。ガラロフ様に頼んであるので、イルクーツクに戻ることになるだろう。住み慣れたところであるので安心して戻るがよい。私はいずれ故郷に帰り着くが、その節はあなた方の親御さんを訪ね、幸せに暮らしている旨伝えよう」

切々たる惜別の情の表明である。なんと温かい心の持ち主ではないだろうか。

船長クルーゼンシュテルンは、津太夫は人柄が温和で貫禄があり、漂流民仲間から人望を得ていたと、高く評価している。私たちが津太夫を語るとき、この船長の評価も忘れてはならないであろう。

津太夫らは、帰国にあたり、船頭・平兵衛の遺留品などのかなりの文書などを持ち帰った。津太夫は平兵衛の父親に、亡くなったときのことなどを報告しているが、父親はどれほど津太夫に感謝したことだろうか。

さらに、私が感動したのは、水主の吉郎次が亡くなったときの、津太夫の処置である。お寺に葬式を頼んだが、異教徒であるため異国人の墓地に行くように言われた折、オオカミにいたずらされないようにと、極寒にもかかわらず約三メートルの穴を掘り、日本に向けて土饅頭《どまんじゅう》をつくり、陽気が良くなってから石屋に頼んで墓石を建て、蓮華を刻み「南無阿弥陀仏」とし、「日本国奥州仙台牝鹿郡小竹浜安部屋吉郎次　寛政十一年二月二十八日　七十三才」として、手厚く葬ったということである。吉郎次の墓に対する、津太夫のこの深い心配りには、驚嘆せざるを得ない。

それから一〇〇年後の明治三十三年(一九〇〇年)に、大審院検事・小宮三保松は、ロシア視察の岐路、イルクーツクに立ち寄り、墓地のあることを聞きつけ、枯れ草の下より、この墓を発見している。小宮の感動は、いかばかりであったろうか。

❖漂流民たちが残したもの

津太夫について調べるのに、石井研堂編『江戸漂流記総集』の第六巻を読んでいると、大黒屋光太夫についても、多くのことが書かれている。

順天堂大学の村山七郎教授は、『北槎聞略』を現存する江戸時代の最高傑作として挙げる識者は数多いだろうと、述べておられるが、さらに、この『北槎聞略』を独力で校訂し、決定版を作ったのが、亀井高孝《たかよし》教授であると、高く評価しておられる。

村山教授も調査に同行されたというが、亀井教授は、八十歳を過ぎてからロシアを訪れ、光太夫らの足跡を現地で調べたうえで、偉大な業績を挙げられた。

実は、亀井教授は、私の旧制高校時代の西洋史の先生で、ご活躍ぶりを知り、懐かしく嬉しかった。ロシアでの調査では、亀井教授はクンストカーメラも調査されているが、ロシアの案内役が、津太夫一行も、ロシア政府の賓客としてここを見学したことを、伝えているという。おそらく、津太夫らの偉業も、お知りになったことだろうが、亀井教授はどのように思われたであろうか。

また、ペテルブルグは、プーチン大統領のご出身地であると聞く。とすると、あるいは大統領は、津太夫らがクンストカーメラを訪れたことも、ご存じなのかも知れない。津太夫らの足跡は、現在にもなんらかの形で、影をとどめているのではないかと思う。

村山教授は、ロシア側の日本人漂流民への処遇の仕方は、ロシア側の日本に対するさまざまな政策的意図があったにもかかわらず、全体として見るならば、立派であったと、述べている。漂流民を救助し、保護し、面倒をみてくれた事実を、日本人は感謝すべきであり、その意味で漂流民は、日露交渉史における大切な過去、美

しい遺産ではないか、とも、おっしゃっている。このことは、忘れてはならないこ
とと思われる。
二〇〇二年十二月八日に、若宮丸漂流民の調査とPRを目的として、石巻に石巻若宮丸漂流民の会（石垣宏会長）が設立された。この会を通じて世界一周の快挙を遂げた津太夫らの偉業が、国内はもちろんのこと、世界にまでもPRされることを、願ってやまない。

世界に羽ばたく東北

❖平成遣欧使節団

慶長遣欧使節団の支倉常長《はせくらつねなが》は、ローマ法王とスペイン皇帝に宛てた二通の親書を携えて、一六一三年、宮城県月の浦を出航した。総勢一八〇名の一行は、太平洋、アメリカ大陸、大西洋を経て、スペインに上陸し、そこからローマに至り、ローマ法王に謁見し、帰路スペイン皇帝に謁見して、一六一九年に帰国した。その際、常長はキリシタン関係の道具類と、一九巻の日記を持ち帰ったが、日記は明治になり、残念ながら紛失してしまった。もし現存していたら、常長の見た十七世紀のヨーロッパ事情として、貴重な資料になっただろうと思われるにつけ、まことに残念である。

それはともかくとして、常長の渡欧は、わが国で初めて、東北から世界（西洋）に情報発信したものであった。同時に、当時は西洋では、ほかの文化圏へ旅する大航海時代であったが、東洋から西洋へ渡り、しかもアメリカ大陸を経て太平洋と大西洋を往復したことは、世界史に燦然と輝く偉業である。加えて、後世、わが国、特に東北の人々に与えた影響は、計り知れないほど大きいということができよう。

二〇〇一年、仙台は、常長の主君・伊達政宗《だてまさむね》によって開府されてから、四〇〇年を迎えた。仙台開府四百年記念事業推進協議会（会長・村松巖仙台商工会議所会頭）は、この記念行事の一環として、仙台とゆかりの深いイタリアのバチカンとの交流を深める目的で、二〇〇〇年七月二十二日から二十九日まで、平成の遣欧使節団を、バチカンに派遣した。

団長は藤井黎仙台市長で、村松巖協議会会長、伊達泰宗・伊達家第十八代当主、松島瑞巌寺・平野宗浄住職、常長の子孫の方々、公募の市民の皆さんら、総勢一五一名であった。

公式行事としては、常長の偉業を偲ぶ追悼ミサが、聖トーマス教会で行われ、通常一般人は入ることができないローマ法王の夏の離宮内の庭園を見学した。また、仙台市出身で、ローマ在住の彫刻家・武藤順九《むとうじゅんきゅう》氏寄贈の現代彫刻「PAX2000——風の環」の除幕式が行われた。

この作品の台座には、仙台城の石垣の石が使用され、加工は、仙台城の石垣を造った石工・黒田屋八兵衛の子孫の、黒田孝次氏が担当し、仙台ゆかりの作家・井上ひさし氏の書いた碑文が、刻まれていた。謁見の際は、バチカン側の特別のはからいで、法王に最も近い席が用意され、法王は日本語で「日本仙台ありがとう」と言われ、一同大いに感激したという。

また、ローマ近郊のカステルガンドルフォ市との交流では、すずめ踊りを披露するなど、仙台とバチカンとの交流は、大いに成果を挙げ、今後の一層の交流の進展が期待されるところである。

世界史に燦然と輝く大偉業を達成しながら、心ならずも不遇のうちにこの世を去った常長の霊も、さぞかし喜んでいることであろう。

❖常長に続く快挙

平成遣欧使節団は以上のように、すばらしい成果を挙げたが、さらに、常長の壮挙に続く、三つの快挙について述べてみたい。

第一は、東北経済連合会の訪欧ミッションである。東北経済連合会は、会長・明間輝行東北電力会長（当時）を団長に、副会長および東北各県の経済界のトップら二〇名からなるミッションを編成し、欧州を訪問した。このことについては『東北見聞録2』ですでに述べたので簡単に触れるにとどめるが、このミッションは一九九九年七月十六日から一〇日間、イギリス、ドイツ、ベルギーおよびフランス四カ国を訪問し、EUの調査、東北のPR、EUと東北との交流の促進を求めたものである。東北挙げての経済ミッションであったことといい、またEUの主要四カ国へのミッションであったことといい、常長の慶長遣欧使節団に比肩すべき快挙ということができよう。

第二は、二〇〇〇年二月二十八日から三月十三日の仙台フィル（明間輝行理事長）

のヨーロッパ公演（実行委員長・村松巖）である。この公演は、オーストリアのリンツの音楽ホール市立ブルックナーハウスの運営者が、仙台フィルのCDを聞き、ぜひ定期演奏会に参加をと切望して実現したもので、仙台フィルにとっては初の海外公演であった。

一行は、明間輝行理事長、村松巖実行委員長とともに、オーストリアに入った。この公演は、まず三月三日のオーストリアのリートにあるヤーントルンハーレ演奏会場に始まり、五日がリンツのブルックナーハウス、六日がウィーンで、九日はフィラハコングレスザール、十一日にはイタリアのローマの大講堂で外山雄三・音楽監督指揮で行われ、会場はほぼ満席で大好評であった。

公演のハイライトは、ウィーンを代表する演奏会場コンチェルトハウスで行われた。西村朗作曲のファゴット協奏曲「タパス」を、馬込勇さんが独奏し、二年前のポンピドゥー国際コンクールで第二位に輝いた梯《かけはし》剛之《たけし》さん（ウィーン在住）がショパンピアノ協奏曲第二番を披露した。外山雄三さん指揮のオーケストラとの息はぴったりで、力強い演奏に、ほぼ満席の会場から、温かい、大きな拍手が起こったという。

最後のローマ公演では、演奏前に、常長にちなんで宮城県とローマによるエールの交換がなされ、ラフマニノフ交響曲第一番などの演奏は好評であった。

仙台フィルのコンサートマスター森下幸路さんは、欧州公演旅行記（河北新報掲載）の中で、

「今回の演奏旅行は、ヨーロッパで生まれたクラシック音楽を、われわれ仙台フィルが丁寧に、自分たちの言葉でつくって、本場に里帰りさせた旅だったともいえる。特別に手法をこらしたわけでもなく、ただ、仙台フィルの日頃使っている言葉と、歌心を聴いてもらってきただけなのだが……僕らも最高に楽しかった。気になる聴き手の反応はというと、それはそれは温かい拍手を送っていただいた。あえて今後の目標を立てるとしたら、仙台フィルとしての語いや歌心を、もっともっと豊かにしていくことで、それには東北の文化、仙台の自然、そんな大げさなものでなくてもいい、普段の身の回りの出来事、自分たちの地元に目を向けて、感性を育て続けることだ」

と述べられている。

私はこれを読んで、今回の仙台フィルの海外公演は、大成功であり、団員一同に

自信と誇りを与え、研鑽をさらに積まれるならば、仙台フィルの今後の活躍は、大いに期待されうるであろう、と思った。

ところで、仙台童謡愛好会（櫻井恵美子会長）は、平成二年（一九九〇年）六月に、ニューヨークで出前コンサートをしたという、すばらしい実績があるが、さらに創立十五周年を記念して、多くのウィーンの人たちに仙台の童謡を楽しんでもらいたいとの願いから、ウィーン演奏旅行を企画した。

二〇〇一年六月十八日に成田を発ち、ウィーンに五泊、パリに一泊し、二十五日には帰国というスケジュールだったが、メインイベントはウィーン楽友協会ゴールデンホールでの演奏であった。櫻井会長は、「夢が実現して、世界一の楽友協会のゴールデンホールで演奏でき、ウィーン少年合唱団と一緒に歌うことができて、うれしかった」とのメッセージを出されている。

仙台童謡愛好会を中心にして、宮城県内の童謡愛好会（本吉町、石巻市、松山町、加美町《かみまち》中新田）有志も参加し、声楽家・三塚典子さん、松倉とし子さん、松谷郁子さんを含む総勢約一〇〇名が、宮城県お母さん合唱連盟理事長・武田譲先生、および櫻井会長の指揮、野田久美子さんの伴奏で、童謡、唱歌を演奏した。以下、この公演の模様を、櫻井会長からいただいた資料と、本吉童謡愛好会会長及川せい子さんの『「仙台童謡愛好会・ウィーンで歌う」に参加して――夢の実現・生涯の思い出――』（三陸新報社）を参考にして、述べたい。

第一ステージは武田先生の指揮で、「どこかで春が」「我は海の子」など春夏の歌をそれぞれ一〇曲、第二ステージは、「どんぐりころころ」など宮城で生まれた曲を一二曲、櫻井会長の指揮で披露した。第三ステージは、ソプラノ歌手の松倉さんが「夏の思い出」など中田喜直作品五曲を歌い、第四ステージは、ソプラノ歌手三塚さんがドイツ語でドイツの歌を三曲歌った。第五ステージは、ウィーン少年合唱団、第六ステージは、ソプラノ歌手松谷さんによる日本の歌の独唱と、踊りと合唱であった。

フィナーレは、「野ばら」をドイツ語で歌ったが、一番を仙台童謡愛好会が、二番をウィーン少年合唱団が、三番は合同で大合唱し、最後に「ウィーンわが夢のまち」で締めくくった。ほぼ満席に近い二〇〇〇人の観客からは拍手が鳴りやまず、壇上の皆さんも楽しみながら精一杯歌い、生涯の思い出となったと言っておられた。私はこれを聞いてこのウィーン公演は大成功であったと思った。

それにしても、家庭の主婦である皆さんが、武田先生、櫻井会長の下に、楽都・夢のまちであるウィーンで、このようにすばらしい合唱をなさったのは、すばらしいことである。大津眞貴子先生について、ドイツ語を一年間も習って、本場でドイツ語で歌われたことは、もちろんであるが、同時に、ウィーンについてもあらかじめよく勉強され、現地での自由行動時には、ウィーンを満喫されたことも、すばらしいことである。常長の壮挙に続く、快挙である、といってよいのではないだろうか、と私は思っている。

あとがき

三年三カ月ほどかかって、やっと『東北見聞録3』を書き上げることができた。ホッとした感じもないわけではないが、私の生涯で三冊目の書跡を残すことができたという思いで、いっぱいである。

前著『東北見聞録2』の出版に際しては、東北電力グループの皆さんにより、私の二冊目の本の出版を祝っていただいた。

その際、八島俊章・東北電力会長から、一冊目の出版の時は執筆に八年かかり、二冊目には四年かかっているので、次の本の出版は二年後になるよう、祈っています、と、激励のお言葉を頂戴した。

八年、四年、二年と続く数字は、等比二分の一の、美しい等比級数である。私はこのことを念頭において、当初は二年ということを、深く心に期した。執筆行程では、第三クオーターまではだいぶいい線をいっていたのであるが、心ならずも道草を食ってしまい、八島会長のご期待に沿えなかったことは、まことに心残りである。

このことを深く心においたうえで考えてみるに、八年、四年、そして今回の三年の執筆期間をグラフにしてみれば、緩やかなダウンカーブを描く。このカーブをさらに延長すれば、さらに緩やかなカーブになるはずである。そう考えれば、次の本も、望みなきにあらず、という気持ちが湧いてきた。

執筆の後半において、いささかスピードが鈍った観は免れないが、縄文の心が脈々として受け継がれている東北の歴史、文化、風土を、さらに調べていきたいと思っている。

最後に、謝意を述べさせていただきたい。

三年余にわたって、東北経済産業局月報『東北21』の「みち」コーナーにおいて、随筆寄稿の機会を与えてくださり、本書の出版を勧めてくださった東北経済産業局、および経済産業調査会の方々。

また私の本を再び出版していただき、題名、章の編成、校正などでお世話になった、八朔社の片倉和夫社長、および中村孝子さん。

さらに、資料集めを手伝っていただいた、東北大学図書館関係者の方々、仙台市市民図書館関係者の方々、および東北電力広報・地域交流部の方々、同社資料室の方々。

これらの方々に対して、深く感謝の意を表して、本書を結びたい。

平成十六年三月

黒田四郎

[著者略歴]

黒田　四郎（くろだ・しろう）

1921年　愛知県生まれ
1948年　東京大学法学部卒業
　　　　商工省入省
1972年　通商産業省名古屋通商産業局長に就任
1974年　同省辞職
　　　　地域振興整備公団理事に就任
1981年　同公団理事退任
　　　　(株)東北電力常務取締役に就任
1983年　(株)東北電力取締役副社長に就任
1985年　(社)東北経済連合会副会長に就任
1986年　(株)電力ライフ・クリエイト取締役社長に就任
1987年　同社取締役会長に就任
1989年　(財)東北産業活性化センター副会長に就任
1995年　(株)電力ライフ・クリエイト取締役相談役に就任
1996年　(社)東北経済連合会顧問に就任
1999年　(株)電力ライフ・クリエイト顧問に就任
2000年　(財)東北産業活性化センター理事に就任
　　　　現在に至る
主　著　『東北見聞録』八朔社，1997年
　　　　『東北見聞録　2』八朔社，2001年

東北見聞録　3　――歩く・会う・語る・住む――

2004年4月1日　第1刷発行
2004年5月3日　第2刷発行

著　者　　黒　田　四　郎
発行者　　片　倉　和　夫

発行所　株式会社　八《はっ》朔《さく》社《しゃ》
東京都新宿区神楽坂2-19 銀鈴会館内
電話 03-3235-1553　Fax 03-3235-5910
E-mail : hassaku-sha@nifty.com

印刷／製本・平文社

ISBN4-86014-021-4